夢與路

黃南翔 著

初文出版社

夢與路

作　　者：黃南翔

封面設計：天兔書裝

法律顧問：陳煦堂　律師

出　　版：初文出版社有限公司

　　　　　電郵：manuscriptpublish@gmail.com

印　　刷：陽光印刷製本廠

發　　行：香港聯合書刊物流有限公司

　　　　　香港新界荃灣德士古道 220-248 號荃灣工業中心 16 樓

　　　　　電話（852）2150-2100　傳真（852）2407-3062

臺灣總經銷：貿騰發賣股份有限公司

　　　　　電話：886-2-82275988　傳真：886-2-82275989

　　　　　網址：www.namode.com

新加坡總經銷：新文潮出版社私人有限公司

　　　　　地址：71 Geylang Lorong 23，WPS618（Level 6），Singapore 388386

　　　　　電話：（+65）8896 1946　電郵：contact@trendlitstore.com

版　　次：2023 年 3 月初版

國際書號：978-988-76545-0-6

定　　價：港幣 88 元

　　　　　新臺幣 320 元

Published and printed in Hong Kong

香港印刷及出版

香港藝術發展局　資助

Hong Kong Arts Development Council

香港藝術發展局全力支持藝術表達自由，本計劃內容並不反映本局意見。

自 序

際此互聯網時代，我不禁要問：究竟還有多少人樂意閱讀紙本書籍？出書是否奢侈浪費？轉念想起經濟學家厲以寧的一首詞〈鷓鴣天〉：

「溪水清清下石溝，千彎百折不回頭。兼容並蓄終寬闊，若谷虛懷魚自由。　心寂寂，念休休，沉沙無意卻成洲。一生治學當如此，只問耕耘莫問收。」

好一句「只問耕耘莫問收」！縱使像我這樣寫寫無足輕重的散文隨筆，談不上做學問那般崇高嚴謹，也應該有這種「只問耕耘莫問收」的態度。可不是？對一個喜歡文學、有機會從事文字工作為職業的人來說，出書就是本份，表示他仍在耕耘，仍然堅持；至於收穫有多少，就不必奢求了。

寫散文一直是我從事寫作的主要文體，多年來也算出版了幾本小集子，這說明我熱愛寫作且頗有韌力。自2011年出版了《晚晴心影》以來，已有十多年沒有出書了。最近六七年雖處退休階段，但筆卻沒有完全放下，還

是斷斷續續發表了一些文字；這兩年來因疫情肆虐，乘著較多時間窩在家中之際，又寫了兩篇醞釀多時而一直無從下筆的長文〈邵氏影城工作十年漫憶〉和〈創業搞出版歷程瑣記〉，兩者共歷四十三年，幾乎佔據了我整個人生的工作歲月。值此踏入耄耋八十之年，乃將這些文字結集出版作為紀念。

　　本書名曰《夢與路》，「夢」這個字眼今日很時髦，我也不能免俗予以套用。至於我的夢是什麼？說來甚為簡單而平凡，只不過希望從事文字工作，抓支筆寫作和從事書刊編輯，一則藉以發抒自己的思想感情和愛好，二則作為養妻活兒的謀生手段，這是我自求學年代便已萌生的心願；而「路」，當然是指我追尋「夢」的歷程。兩者都是很個人的東西。幸好，我的個性正好符合走這條尋夢之路，因而讓我的願望得以順利實現和貫串終生。這就猶如在我的人生路上，前面有一塊熠熠生光的寶石在緊緊磁吸著我，讓我有堅定的信念和不竭的動力一直朝這個目標前行。儘管期間亦曾有過曲折艱辛，甚至挫折跌倒，但更多的是讓我品嚐到豐盛的樂趣和回報。回眸歲月，檢視人生，套用一句人們常愛說的話，或也可叫作「不枉此生」吧。吾無大志，有此際遇，於願足矣！

黃南翔

2022 年 8 月 20 日

目　錄

第三輯：文蹤印跡

第四輯　其人其文

第一輯

回眸歷程

邵氏影城工作十年漫憶

我這輩子以搞文字工作（寫作、編輯、出版）為職業，一生從事筆耕沒有轉換它職，這也可說是我的志趣所在，故一直甘之如飴，樂此不疲。有位名人說「一個人能以自己的興趣謀生是幸福的」，我很贊同此一說法。而我能有這種際遇，純然靠來港初期幸運考進邵氏電影公司當編纂員，讓我得以踏進文化圈子，有個不斷充實和磨練自己的機會。此後就一直與文字結緣，且常常獲得前輩的提攜，機遇也隨之而至。所以我對在邵氏影城工作十年的日子一直十分懷念，視為生平最重要的人生歷程……

一、踏進影城

1969年9月1日，是我到邵氏影城上班的第一天，心情既興奮又緊張。興奮的是1961年落成啟用的邵氏影城，那時是東南亞最具規模的電影製片機構，有十多個攝影棚，年拍影片三、四十部，正值全盛時期；而我當時從大陸來港才一年多，土氣未脫，對電影製作充滿了好奇，能

有機會進去工作自感十分幸運，因而心中充滿著期待和憧憬。緊張的則是不知我能否適應那裡的環境和工作，主要是能力能否勝任，因為邵氏公司錄用我時指明有三個月的試用期。

先說一下我是怎樣獲得邵氏公司錄用的。

我於1967年10月底自大陸「自我放逐」到港，很快取得香港身份證，不久就在荃灣德明錶殼廠電鍍部門當學徒。其實那時我對工廠的工作並不安心，很希望有機會從事文化工作，所以工餘對香港的文化動態甚為留意，並且嘗試向報刊投稿。我先寫千字短文投稿《明報》副刊一個公開園地「自由談」，很快發表出來，接著又發表了好幾篇。

1969年初夏的一日，我在理髮店等候理髮期間，理髮師遞給我一份報紙，我偶然在一個廣告中見到「環四協廣告公司」招聘電影畫報編輯、撰稿員、攝影師、廣告設計員，應徵者須寫三百字簡歷、應徵職位、要求待遇，並須附上作品，沒有要求學歷證書。雖然「環四協廣告公司」我未聽聞其名，但從聘請的規模來看似乎甚有來頭。於是當晚我就擬好簡歷並附上在《明報》發表的四篇千字短文寄了去，只是抱著試試看的心態，內心並無太大期望。

大約一個多月後，我收到邵氏（兄弟）電影公司中文

秘書室的來函，謂收到我應徵撰稿員職位的信件，叫我某日某時到九龍彌敦道邵氏大廈的「邵氏影友俱樂部」去面見朱旭華先生。我驚喜極了，知道那是獲得了面試的機會。

朱旭華是位六十多歲、有點清癯的老先生，面試時他偕一位中年助手同來，大廳還坐了一些等候面試的人。面試在一間內室進行，朱先生用普通話詢問了我一些問題，我也用普通話作答（我本身是潮汕客家人，因在大陸念書至高中畢業，然後兩次投考大學都名落孫山，但會講普通話）。他隨後叫助手打開卷宗拿出我的應徵信攤開，指著我發表的文章剪報和手寫的簡歷笑笑口對我說：「這些文字你都寫得很好。……回去等消息吧！」

面試後我心裡充滿了渴求，多麼期待能獲得正式錄取！又約一個月後，終於接到邵氏影城中文秘書室第二次來函，叫我某日可到九龍彩虹邨乘坐91號線巴士直達郊區清水灣的邵氏影城大門口下車，到宣傳部見朱旭華先生。原來，這次是正式見工，朱先生告知我，我的職位是宣傳部編纂員，（1969年）9月1日開始上班；每週工作五天半，朝九晚五，上下班有公司大巴士接送；月薪是港幣六百元（記得當時報紙的招聘廣告上請一位跟車工人是三百元），另每天有午飯錢一元貳角的飯票，可在公司飯堂吃一客碟頭飯。

當時我對能進邵氏影城從事自己所喜愛的文字工作十分欣喜，充滿了憧憬；親戚和同鄉的前輩也很替我高興。但有些朋友卻勸我不要去，說電影圈人事複雜，尤其是邵氏公司大多上海人，他們比較勢利；而我是鄉下仔一名，來港才一年多，渾身土氣未除，粵語又說得鄉音濃重，聽不清楚，很容易被人看輕欺侮，難以立足；何況又有三個月試用期，一旦工作無法達標而被辭退，就會面目無光，貽人笑柄……但我並不動搖，一方面對自己的能力充滿自信，另方面則認為只要自己勤謹工作，不亢不卑，以誠待人，就不怕被人看輕欺侮，蓋「一誠可以敵萬惡」是也。

二、工作範圍

當時我住在新界荃灣，一西一東，到清水灣上班在交通上頗成問題，車程約需兩個小時且可，還要轉兩趟車：先在荃灣青山道搭十四座小巴到九龍市區，在彌敦道與亞皆老街交界處下車，再轉搭巴士到九龍城，公司的大巴就在士他令道等候，我務需在早上八時半前趕到上車，否則車開走了，就得自己搭車到彩虹邨，轉搭到大澳門的91號線巴士，途經影城門口時下車，這樣往往就得遲到近半個小時。但我不厭其煩其遠，一大早就起身，準時上班，很少遲到。

當時邵氏宣傳部是一個大部門，包括廣告部、公關

部、《香港影畫》月刊編輯部、《南國電影》月刊編輯部等單位，同在一個大廳辦公。這個大廳位於邵氏行政大樓後面那幢大廈的地下，隔鄰是配音室。原來的宣傳部主任蔣鶴亭幾個月前掛冠而去（辭職另有高就）後，一直未覓得適當人選，暫由《香港影畫》總編輯兼邵逸夫的顧問朱旭華先生署理。第一天上班，朱旭華先生就讓我坐在靠近《香港影畫》編輯部的一張寫字檯，然後領我到另一邊的一張寫字檯前，介紹一位叫鄧仲燊先生的中年人給我認識，說他是文字部主任，廣州中山大學畢業，日後他會安排我的工作。

朱先生離去後，鄧先生叫我在旁邊一張椅子坐下，對我說：「你是從大陸來的，在這裡工作就不可再寫簡化字了，例如『打鬥』，你若寫成『打斗』，別人就會看不明白；我們的文稿是要發到本港、台灣和東再亞各地的，這方面你要注意。」我連連點頭。他隨即交給我一個叫《保鑣》的油印電影劇本，叫我當天看後將劇情寫成一篇1000字左右的「本事」（俗稱「戲橋」，當年戲院放映影片時會將它印成單張供觀眾取閱），傍晚下班前交給他。我看了一下錶，那時近十時，於是坐回自己的座位全神貫注讀劇本。

下午近五時，我把「本事」寫好交給鄧先生，便準備下班了。

　　第二天上班不久，鄧先生把我叫到他的寫字檯前坐下，拿出一個長方形的油印本子給我看。原來，那是每部影片都會印製的專刊，裡面有十篇每篇約 700 字的短文，從不同角度介紹某部電影的特色和精彩之處，連同本事及一套十二幀劇照，除了供片商買片時瞭解影片內容、特點外，還可在上映該片時作宣傳之用，例如隨時取出專刊裡某篇文章配上一幀相關劇照，就可供報章娛樂版刊載。我發現專刊和電影劇本都是油印的，字跡漂亮工整，均出自一人手筆，裝幀也很美觀大方；後來我才知道這是拿到市區去給一家專業公司製作的。鄧先生叫我參考專刊的形式，從不同角度也為《保鏢》這個劇本寫十篇短文，日後印成專刊。當時我略為翻閱了一下專刊，心裡覺得寫這些東西不難，欣然接受了任務。

　　但傍晚下班回家途中，我突然想到邵氏公司每年拍片三、四十部，平均每月約三部，如果都是由我一個人寫這種專刊和本事，每月平均要做三套，即使我應付得來，那豈不是太忙碌、煩悶和單調了嗎？想到這裏，我就不禁對工作前景不甚樂觀了。

三、新來同事「小不點」

　　翌日上班，我發現自己座位對面擺著一張新檯子，坐著一位身裁較為矮小的女子在向我微笑。朱旭華先生忙走

過來給我們介紹。原來她名叫尹懷文（後來很多人都喜歡叫她「小不點」，她也不以為忤），台灣國立藝專畢業，半年前考進邵氏當國語配音員；她有個哥哥當時也是邵氏小生，藝名叫康威，長得高大英俊，後來與邵氏著名女星胡燕妮結為夫婦。尹懷文愛好寫作，在台灣也曾發表過作品，她得悉邵氏宣傳部正聘請撰稿員，就向朱旭華先生主動請纓，結果她就從配音員調來宣傳部當撰稿員，在兩個名額中她佔了一個，另一個就是我了。

由此，以後寫電影宣傳專刊等文章就由我們兩人負責。鄧先生分配工作也很公允，一人一部，基本上均等；如果說有分別，就是我較多寫歷史、武俠等較為剛性的題材，尹小姐則寫文藝、愛情之類的柔性製作。《保鑣》是當紅導演張徹執導，鄧先生安排尹懷文訪問該片女主角「亞洲影后」李菁，我則訪問男主角姜大衛和狄龍，各寫一篇訪問稿發表在一份彩色專刊上。過了一段時期，我交稿給鄧先生時，他笑笑口對我說：「寫議論性、評論性的文稿，你寫得好；而訪問稿嘛，尹小姐寫得不錯。」我點點頭，同意他的說法，因為那時我的文筆仍不脫大陸文風的影響，較為生硬，且對香港電影明星也非常陌生，因而寫得不夠放。

其實，寫宣傳稿也要講究技巧，不是一味大吹大擂就好，宣傳味太濃不但令人生厭，且會有反效果。所以朱旭

華先生在我入職時就曾提醒說：「做宣傳是潛移默化的東西。」言下之意是內裡另有法門；而前輩翁靈文先生有次甚至打趣說：「寫宣傳稿嘛，相信魯迅也寫不過我們。」

作者一九七〇年攝於邵氏影城行政大樓前。

工作了一段時日後，我對宣傳部也就比較熟悉了。原來，與我一起應徵考入宣傳部的有好幾個人，最老資格的是陳泰來，筆名陳潞，曾任《良友》畫報主編，也曾主編大型彩色畫冊《錦繡中華》，當時他已年近六十歲，到《香港影畫》任高級編輯。另一個應徵入《香港影畫》當編輯的是劉振光，他曾任《幸福家庭》雜誌編輯，年歲比我略大。還有任職設計的水禾田（潘炯榮），當時在攝影方面已有點名氣。我們這些新來者的座位都在《香港影畫》周圍。當時《香港影畫》除主編朱旭華外，還有專職攝影師梁海平，年逾六十的資深撰稿人翁靈文，見習生葉特生（他很年青，不久便到台灣讀大學。學成後回港工作，曾在 TVB 主持「香港早晨」節目很受歡迎，也在報刊寫專欄）。還有一位總務員陳康民，身裁結實，字寫得工整秀麗，朱先生常叫他抄寫某些字跡較為潦草的文稿。此人也甚有幽默感，有次他對我說：「來影城工作嘛，『風景優美，空氣清新，糧期準確，加薪無望』。」說罷哈哈大笑。

至於另邊廂的《南國電影》編輯部，主編是梁風先生，五十多歲，身形稍胖，富富泰泰的，他原是泰國名報人。手下有攝影師邱良，編輯兼撰稿人沈彬（女星沈月明之父）、姚文海等。其中姚文海以「白蓓蘭」為筆名在當時銷量十多萬份的《星島晚報》娛樂版撰寫報導邵氏影城

動態的專欄，每日一篇，極受歡迎；我也愛讀，以為作者是一位女性，原來是個不愛多說話的三十多歲的男子。此外，宣傳部還有兩位女性職員：一是魏凝香，負責剪存有關邵氏動態的剪報，也在某晚報寫一個娛樂專欄；另一位是英文翻譯，我入職沒多久她就離開，名字不記得了。

宣傳部還有一個重要部門——廣告部，每天都在報刊或其它媒體發很多廣告，主持人是有「廣告奇才」之稱的陸小洛，還有資深廣告界人士周郎，其他幾個人的名字我就不記得了。記憶中覺得他們都是年紀較大的人。另外還有廣告和電影海報設計員三個人。

記得有一天，我正伏案工作時，有個苗條清麗的年青女子翩然而至，向坐在一旁的翁靈文先生打招呼說：「翁叔叔！」寒暄了幾句又轉身施然而去，我不禁有驚鴻一瞥的震懾，隨口問翁先生：「這是哪位女星呀？」翁靈文笑說：「她可不是女明星，而是邵氏最美麗的編劇——蔣芸。」

原來，隸屬邵氏製片部的編劇組就在我們宣傳部樓上，成員有陳蝶衣、葉逸芳、杜雲之、江陽、邱剛健和三位女編劇：蔣芸、靳蜀美、杜良媞等。其中來自台灣的電影史家杜雲之和杜良媞是父女倆，靳蜀美則是導演鮑學禮的妻子。不過，隨著邵氏邁進大拍武俠動作片的七十年代，這批「文人編劇」大都派不上用場（當時邵氏已大量

採用倪匡編寫的武俠劇本），很快就解散了。記得只有邱剛健留在邵氏繼續大展其才，後來成為香港很有成就的電影編劇家。

宣傳部大部份人都有賺外快的機會，除了五、六個人擁有報紙娛樂版的專欄外，做攝影的可以賣明星照片給報刊雜誌。而像我這種新丁，不出半年也有另外的收入。原來鄧先生在外頭與朋友合辦了一份《電影小說畫報》雜誌，是正度 32 開，像一般書籍那樣便於攜帶。他叫我和尹懷文寫電影小說給他，即是把邵氏當時拍的電影改寫成一萬多字的小說交給他在該刊發表，交稿時每篇小說他當即給我們港幣 100 元的稿酬。因為手頭有劇本可以參照，故事不必構思，這種小說很易寫，稍有文學寫作經驗的人均可勝任。我當時的薪金是港幣六百元，記得我那時租住荃灣半山一幢舊別墅「月衣山莊」的一間百多呎三面有窗的房子才是九十元，而一個月寫兩個電影小說則有 200 元收入（我還記得那時我投稿《明報》「自由談」的「從優」稿酬是千字十五元）。電影小說發表時會配上二十多幀劇照，這大概是片場負責拍劇照的人提供的，他們當然也有外快可賺了。寫電影小說自然會披露劇情，但也有宣傳該影片的作用，我們往往會在結局時賣賣關子，以吸引讀者到戲院去看影片，所以公司都放任我們寫，一直沒有干預。

四、恩師「朱伯伯」

　　據說，邵氏宣傳部一向被人視為「三煞殿」，主任這個職位很難當。因為一部影片上映後如果賣座，那就皆大歡喜，否則必然招來埋怨，矛頭首先會指向宣傳部的宣傳做得不夠。另外，像邵氏這麼一家大機構，十足的名利場，人事複雜，爭名奪利往往會使宣傳部首當其衝，身為主任者坐上這個職位所面臨的壓力可想而知，怎有寧日？

　　我當時的職務除了寫本事、專刊、專訪外，朱旭華先生也常常叫我給《香港影畫》寫有關介紹邵氏影片的稿件，這方面也是該刊的重要內容。通常是編輯先把版面劃好及擬好標題後，留下一塊空白讓我圍繞標題寫五、六百字，每期大概寫六、七篇。由於我讀過劇本又寫過專刊，所以這類稿件很容易寫，一般在一小時內就可交稿。月底刊物出版後，我才知道給該刊寫稿無論長短，都是有稿費的，算是額外收入。《南國電影》那時則沒有叫我寫稿，大概他們那邊已有人寫的緣故。

　　漸漸地，我對朱旭華先生有較多瞭解。他是資深文化人和電影人，早於 1929 年前後，即與友人在上海創立「海濱影片公司」，拍過《海濱豪俠》等影片，並以「朱血花」為筆名編寫過電影劇本（程季華編著的《中國電影史》有記載）。1932 年「九・一八」事變後，他在上海與

著名漫畫家張光宇、張正宇及丁聰等人合編《抗日畫報》。及至1937年上海淪陷，他因避漢奸找麻煩才於該年十月間來到香港，獲名作家穆時英照應。穆時英當時在《星島日報》創辦一個綜合副刊「娛樂版」，包羅電影、戲劇、文學、生活情趣等內容，分由詩人戴望舒主編「星座」文學創作，張光宇主編「畫刊」，朱旭華曾在該副刊發表過一個長篇連載。

1941年香港淪陷，朱旭華隨一批文化界人士避走四川成都，迨抗日勝利才重回香港，1947年進入「永華電影公司」先當宣傳部主任，後來出任製片廠廠長。此時正是「永華」鼎盛時期，名家雲集，著名劇作家、戲劇表演藝術家歐陽予倩任編導主任，煌煌大製作《國魂》、《清宮秘史》等片光芒四射。永華結束後，朱旭華自組「國風電影公司」，請嚴俊、林黛主演過一部《金鳳》，還起用蕭芳芳以童星身份拍過一部電影，所以稱他為「影壇元老」當之無愧。

朱旭華曾主編《星島日報》副刊一個短時期。在未到邵氏影城主編《香港影畫》前，也曾為駐港美國新聞處出版的《今日世界》編輯過彩色畫頁。當時影城中人都愛暱稱他為「朱伯伯」（背地裏也有人謔稱他為「朱夫子」或「朱老夫子」），我那時二十五、六歲，也跟隨大家那樣尊稱他為「朱伯伯」。

　　事實上，朱旭華先生名副其實是我的恩師，這不光因為是他「考」我進去影城，也因為他一直都很重視我，對我謬愛有加。我進影城第一天，他就吩咐我說：「寫稿不忙時，就上片場去看拍戲，或者去看試片。」他這樣吩咐並不是恩准我偷懶，而是為了讓我更熟悉影城，寫稿更有內容；加上朱伯伯又是個很有修養的謙謙君子型長者，對同事和下屬總是客客氣氣，和顏悅色，很容易親近，所以我的工作自由度很大，沒有什麼壓力。因了這種關係，朱旭華先生無形中成了我的保護傘，其他人自然對我也較為客氣了。

　　朱旭華先生後來舉家住進影城宿舍，每年農曆新年後第一天上班（通常是年初四），他都會邀請《香港影畫》全體同仁到他家吃開年飯，而我也是獲邀之列。我特別留意到他家客廳顯眼處，掛著一幅〈朱子家訓〉。他有一個女兒已出嫁，當時住在美國；兩個兒子朱家欣、朱家鼎還是求學中的青少年，精靈活躍。後來朱家欣到意大利留學，專攻攝影，回港後先在邵氏影城當電影攝影師拍了幾部影片，包括楚原的《愛奴》等，鏡頭拍得很美。他娶影星陳依齡（陳美齡胞姊）為妻，又創辦先濤數碼攝影公司很成功。朱家鼎也很有成就，並娶了當紅靚女星鍾楚紅，可惜他正當有為之年患了癌症而早逝，令人嘆息不已。

五、清理門戶大換血

我進影城時，正是邵氏處於大變革的前夜。當時主持邵氏製片部的副總經理鄒文懷和製片主任何冠昌，正在籌劃成立另一家電影公司。記得有次下班時分，我們在辦公大樓門前的空地等候接載員工的大巴到來，但見鄒文懷與何冠昌兩人自辦公樓大門出來，同登上停在一旁的一輛私家車飛馳而去，頗有意氣風發的樣子。這是我第一次也是唯一一次見到這兩位影界奇才的身影。鄒文懷是潮州人，上海聖約翰大學新聞系畢業，1949 年來港後，先後在《英文虎報》和美國新聞處工作，五十年代末為邵逸夫羅致出任宣傳部主任，後升任副總經理，主管製片部，他在邵氏工作逾十年，人脈廣泛，影響深遠。

其實，變革的暗湧也在邵老闆這一方展開，為了應對鄒文懷、何冠昌兩位大員離去及帶走一班人馬造成的影響，邵逸夫的摯友方逸華領導的一個班子，正在市區彌敦道的一層樓宇裡進行查帳和安排人事等工作。

1970 年，鄒文懷、何冠昌組成的嘉禾電影公司正式成立後，邵氏製片部的導演羅維等人和宣傳部的某些骨幹都追隨而去。我們宣傳部去的有《南國電影》總編輯梁風，他到嘉禾去主編《嘉禾電影》雜誌，還有廣告部的陸小洛等人。後來，方逸華到影城主政之初，進行了「清理

門戶」，把某些與嘉禾有密切關係的職員辭退，我的上司鄧仲燊先生就是在這種情形下被辭退而離開邵氏的。不過，他離開後並沒有進嘉禾，而是移民到美國去了。他離開時，特別交帶我以後可將電影小說交給某人；此外還把一隻小型飛利蒲暖風機送給我，說這是他私人購置的，寒冷時可放在寫字檯下取暖。

一九七一年春，作者陪同《時代青年》月刊總編輯尹雅白神父遊影城，攝於古代街景「寶帶橋」上。

　　清理門戶對我這個入職一年多的人當然沒有任何影響。只是公司有些制度改變了，例如取消了派發午餐飯票，改為增加一點工資；又辭退了一些冗員。改變最大的當然是製片部，走了鄒文懷和何冠昌，邵逸夫聘請了三個大員來取代其位，他們是袁秋楓、易文（楊彥岐）和董千里（項莊），都是很有聲望的文化人和電影人。其中資深導演袁秋楓出任製片經理，曾為報人、作家和導演的易文為邵逸夫的顧問和特別助理，作家董千里則為編劇主任。

　　隨著嘉禾推出開山作、李小龍主演的《唐山大兄》一炮而紅，該公司來勢洶洶，果然不可小觀，邵氏與它隨即進入了明爭暗鬥狀態。記得後來嘉禾又推出李小龍主演的《精武門》上映時，邵氏即部署張徹執導的大製作《水滸傳》與之對壘。當時雙方都在香港各大報紙刊登全版廣告，並在廣告上展開「口水戰」：嘉禾的廣告上出現了「我出『精』他出『水』」之句，可圈可點（因粵語裡「水」除了指錢財，另有差劣的貶意），引得不少人讀來捧腹大笑，一時傳為笑談。據說，嘉禾這個廣告句正是出自「廣告奇才」陸小洛的手筆。

　　大概是1971年間，邵氏宣傳部終於來了一位新的宣傳主任，他就是自香港大學畢業的英俊青年許戈林先生。感覺上，他斯斯文文的學者作風跟影圈似乎不太合拍，加上他對宣傳部的運作又很陌生，所以他很多時都是待在自

己的房裡，較少走出大廳來指導工作。廣告部不知哪一位
「奇才」根據他的名字讀音，給他起了個外號「許可憐」。
想不到沒多久果真有一件「可憐」事在他身上發生了。

原來，當時邵氏有些當紅女明星，都有爭排名的陋
習，即是在電影海報或報刊廣告等處，她的名字排列應在
顯眼位置，或要在某人之前；一旦給排後了，星媽（該女
星的母親）就會出面來吵鬧，首當其衝的自然是宣傳部主
任了。那次就是女星沈某的媽咪怒沖沖走進許主任的房
間，不由分說直指著許主任的鼻子大罵，足足罵了幾分
鐘。由於宣傳主任的房間有一塊隔音大玻璃對著我們的大
廳，我們雖然聽不清罵聲，但許主任被罵得傻乎乎的可憐
相卻看得很清楚。我鄰檯的翁靈文先生不禁笑說：「這回
許主任可知道宣傳主任的座位不好坐了！」

果然，許主任很快就掛冠而去了。沒多久，我在報紙
上讀到一條消息，說「許戈林出任澳洲駐港商務專員」，
同名同姓，不知是否同一人？

六、此友甚有才氣

這段時期，我在同事中結識了一位朋友，他是《香港
影畫》新來的編輯，名叫尉劍生。此君甚有才氣，能編能
寫；他寫的文章也很有特點，就是段落分得較細，讀起來
比較輕鬆，很適合娛樂稿的風格。他跟我頗談得來，常相

邀假日郊遊。記得有次遊離島長洲島，我們一早就到中環搭渡輪出發，遊了長洲很多地方，包括大海盜張保仔洞等名勝，傍晚吃了一頓美味的海鮮晚飯才回來，輾轉搭船搭車，我返抵荃灣的住所時已是晚上十一點多了。

尉劍生那時也是獨居，寓所在港島北角英皇道近皇都戲院的南方大廈，我曾去拜訪過，小客廳裡堆放著不少書籍雜誌，完全是個文化人的氣派。他的年齡與我不相上下，但已有很豐富的編輯出版經驗；他告訴我：他以往與著名漫畫家香山亞黃等人在澳門搞文化工作，後來才來香港發展。他入邵氏之前，亦即是1971年左右，他乘著美國總統尼克遜訪華與周恩來會談，達成中美建交這一重大歷史事件，編輯出版了一本專刊《周恩來》推出市面，當時這是市面唯一的一本關於周恩來的專刊，銷了幾萬本，賺了一筆錢，他還贈送給我一本。我翻看後覺得內容頗豐富，不知道那些資料是從何處來的，內心佩服之餘，又很羨慕他能以這種方式賺錢。

通常有才能的人都不免恃才傲物，尉劍生也不例外，所以他跟其他同事不太合得來，工作了幾年就辭職了。我卻一直與他保持連絡，記得他曾搞了一份財經專刊，那時正逢邵氏的股票上市，他約我就此事給該專刊寫一篇特稿。我參考一些資料後寫成，談了一些對電影前景和邵氏股票的看法，他居然說寫得不錯，把它發表了。

　　此後各忙各的，彼此的住所又相隔得那麼遠，就很少見面了，只是偶而通通電話。隔幾年後，得知他結婚了，也有了個兒子，岳丈是香港金銀貿易場的成員；而最讓我側目的是他居然成了香港著名財經日報《信報》的專欄作者，以「金眸子」為筆名寫了一個有關黃金的專欄，盱衡天下大局，評論財經走勢，說得頭頭是道，讓我好不佩服。

　　那時已是80年代初，我已離開邵氏，不久應天聲圖書公司鄭先生之聘，復刊《當代文藝》月刊，出任主編兼天聲圖書公司總編輯，社址就在北角英皇道上面的堡壘街，離尉劍生的住處很近，我們又常見面了。有天我笑問他：「你現在已是黃金專家了，是否也有炒金？」他說偶然也有玩玩。我又問他怎麼玩法？他說他在家裏隨時都可以買賣，因為岳丈是金銀貿易場成員，他家有專線接通金銀貿易場，隨時都可聽到即時報價及落單。我覺得很有趣，又認為尉劍生既是黃金專家，炒起金來贏面一定較大，於是自告奮勇提出要試一試。尉劍生沒有反對，也沒鼓勵，只說一句：「那要看你的運氣了！」

　　於是我趁著月初雜誌剛出版後較為清閑，就約好尉劍生到他家去嘗試炒金。當時他家中只有我們兩人，客廳放著一個音廂連著一條電線，音廂播出即時金價，上上落落，尉劍生拿出幾張印有淺藍色小方格的格仔紙，叫我按

金價的上落在格仔紙上畫出走勢線，並教我如何落單買入賣出。結果炒了半天金，我帶去的三千元全輸光了，至此我才知炒金的風險很大。那時我的薪金是五千元，家裡又有三個孩子，一下子就損失了一大半，自然有點心疼，從此再也不敢提炒金了。當然，我不會因此怪怨尉劍生，因為並不是他慫恿我去炒，而是從這個教訓得出一個結論：在投資市場，實際操作起來複雜得多，外在因素也變化莫測，並不是專家就可得心應手。

我現在特別提到這件事，還有一個原因是後來我與尉劍生失去聯絡，又無從查究，直到今日仍然不知他去了哪兒？他在《信報》的黃金專欄早就沒有了，有次我到他的住所門前去看看，也完全變了模樣。心想：他可能移民外國去了，即使是這樣，也應知會老友一聲呀！為什麼連這個都沒有呢？我至今仍然對他的下落充滿疑惑不解和懸念。

七、喜歡文學的何姑娘

當時在邵氏與我談得來的人，還有一位是何楚瑩小姐，比我大十多歲，打扮端莊，談吐文雅，落落大方，大家都叫她何姑娘。她跟我不同部門，是在小山上的製片部任會計，但卻很喜歡跟我們宣傳部的一班「文人」打交道，中午常跟我們一道到影城附近的大埔仔村去吃村店飯

菜，彼此因而熟絡起來。她很尊崇我們中的一位資深前輩
陳泰來（筆名陳潞）先生，常常向他請教，原來她也很喜
歡文學，熱衷寫詩填詞。她也常叫我把發表的文章給她
看，又很關心我的生活。當時我尚未成家，一個人生活不
免覺得孤單，得到她的關心自然心存感激。記得有一次何
姑娘特邀請陳泰來和我等幾個人，到她港島般含道的家居
去作客，會見了他的先生和兩個讀小學的女兒，渡過愉快
的大半天。

其實，何姑娘尚有父母健在，住在太子道一個小單
位。我曾經在一個週末中午下班後，隨同她去探望過她的
父母。她的父親那時已中風兼有腦退化症，行動不便之餘
神志也有些模糊不清，由何母一人照顧起居飲食，相當吃
力。何姑娘後來告訴我，她原本還有一位弟弟，卻不幸在
戰亂中喪失了。

有一天，何姑娘突然緊張地給我打來電話，說在製片
部偶然聽到一個跟我有關的消息。她劈頭問我今日某報那
篇揭邵氏影城「內幕」的文章是不是我寫的？我說不是
呀，我從沒有寫這類「爆內幕」的文章。她說既然這樣，
我就要趕快澄清；因為剛才製片部有人見該文作者署名中
也有一個「翔」字，就懷疑是我寫的，並斷言如果不是在
影城工作的人，絕對不可能那麼熟悉內情。

我聽了也很緊張，深怕會受無妄之災給炒魷（開除），

那就倒霉了！要怎麼澄清才好呢？幸好我認識該報的一位記者，請他叫編輯部出具一紙聲明，說該文作者與我絕對無關，事件才告寢息。

我後來離開邵氏後，於1983年成立了一家出版社創業，致力於書籍的出版，經過一番努力終於站穩陣腳，漸漸有所發展。1993年間，何姑娘拿了一大疊她寫的詩詞稿件，要在我名下的當代文藝出版社出版成書。我為她居然有那麼多作品而大感驚異佩服，後來仔細拜讀她的詩稿，發覺她最早的詩作寫於1960年，詩稿的內容很豐富，既有人生感懷，也有寄情親友，還有旅遊萍蹤，水準也超出我當初的想像，於是欣然把它編印成《楚瑩詩稿》一書，幾近二百頁，推出市面後，反應很不錯。何姑娘在該詩集的〈自序〉如此寫道：「余常愧學識無多，感懷家國，因而對古典文學，深有共鳴，喜讀唐宋詩詞，揣摩學習，每有所思，即自行吟詠，使現實生活，可以抒情遣興，提高精神享受，樂在其中。」說得真好！難怪她當年在影城時，特別喜歡跟我們這些「文人」來往了。

八、陳銅民帶助手上班

沒多久，宣傳部搬遷到行政大樓三樓，也是一個大廳，環境更佳，跟原址只隔著一條短短的天橋。原址後來用作片倉，樓上的編劇組經改組後搬往山上的製片部，騰

出的大廳作訓練演員的場所，而進門的兩個房間則作《香港影畫》編輯部，從此該刊似乎脫離宣傳部自立了，但朱伯伯仍然叫我寫稿。《南國電影》編輯部則跟宣傳部一起遷到新址，由姚文海署理主編，此後我也經常在該刊撰稿。

行政大樓位於影城山腳，一進大門口就迎面可見，是一幢很顯眼的別緻建築。樓分三層，地下是接待處、會計部、人事部；二樓是邵逸夫總裁室、總經理室、中文秘書室、英文秘書室和試片室；三樓除了宣傳部佔用一個大廳外，對面則是會議室和配樂室。

邵氏宣傳部此時新來了一位主管陳銅民先生，他的職銜已不叫做「宣傳主任」，而是升級叫「宣傳經理」了，職權是否增大了不知道，起碼冠冕堂皇了點。不過以當時邵氏年拍影片三、四十部的全盛時期而論，主持這個部門的確也需以「經理」的名份來配合。

陳銅民原是泰國報人，後被國泰（原電懋）延攬主持宣傳部。邵氏能把他挖過來除了國泰逐漸式微外，據說也以答應日後讓他當導演為條件。陳銅民來履新時特別帶了一個類似秘書的人同來，此人名字我不記得了，感覺他年歲應比陳銅民大些，他與陳銅民同在經理室內辦公，一張較小的寫字檯就擺在陳銅民面前近門口處。

此時，我的座位在廣告部隔鄰。我發現廣告部主管周

郎每天早上上班後，就忙於打電話到各戲院去查問昨日的票房。原來，邵逸夫總裁十時上班後就會來電向他要票房數字，而且總是說著這樣的一句話：「昨天的生意怎麼樣？」是的，邵氏拍電影是當一門生意來做的，邵逸夫爵士也說過一句「名言」：「賣座的電影就是好電影。」當時邵氏院線有十多家戲院，有些戲院也會在週六放映午夜場。午夜場通常是放映即將全線上映的新片，是一部影片是否受歡迎的試金石；如果生意不好，就要在宣傳等方面加大力度了。

當時邵氏所拍的商業電影常常受到影評人的批評，指邵逸夫不注重電影的藝術性，這種批評在邵逸夫一度出任「香港藝術節」主席時尤為強烈。其實，邵氏也並非不想拍高水準的大製作，據我所知，早在我進邵氏那一年，即1969年，邵逸夫就購下以早期英資大財團渣甸（怡和）公司為背景的小說《大班》之電影攝製權，擬以一千萬美元的製作費，請荷里活鉅星史提夫麥昆擔綱主角，拍一部煌煌大製作以進軍國際影壇。

當時我們都充滿著期待，但「只聞樓梯響，不見人下來」，拖了好幾年，最終以不拍收場，令我們好不失望。據後來邵逸夫接受黃霑的專訪時透露，為了拍這部影片，單是劇本就寫了九個，停拍的原因主要由於史提夫麥昆是國際大明星，很多人請他拍戲，片約一直極忙，片酬也隨

之節節上升，令製作費大幅提高。幾年以後，製作預算已增至二千三百萬美元，邵逸夫認為沒有賺錢把握只好收手。恰好此時有個瑞士製片家想拍這部影片，邵氏就乘機把版權出讓了。

九、張曾澤讓我進入《銀色世界》

沒多久，以拍《路客與刀客》名噪影壇的導演張曾澤加盟邵氏，該片獲第八屆金馬獎三項大獎：優等劇情片、最佳導演和最佳原創音樂（周藍萍），影城上下都對他刮目相看。他來加盟邵氏時帶了一部根據台灣著名作家田原的長篇小說《松花江畔》拍的電影《紅鬍子》。此片是描述民國初年東北馬賊的故事，在台灣拍攝，起用新人白羚出任女主角。我看過試片，很喜歡這個題材和電影，就寫了一篇稿子署個筆名發表在一份電影刊物上。後來張曾澤得知是我寫的，特來到宣傳部我的寫字檯前向我致謝兼謬讚了幾句，並問我可否再寫一篇有關他的專稿，以發表在外間的《銀色世界》雜誌上，他會給我提供多些資料？我當即答應，因為我知道該刊是台灣文化人劉亞佛獨立創辦的，沒有代表任何電影公司；那時劉亞佛我並不認識，但知他曾在《香港影畫》任職，後來離開，在尖沙咀創辦這本電影雜誌，辦得有聲有色。

寫張曾澤的專稿發表後，我也因而結識了劉亞佛，他

其後多次向我邀稿，記得我在該刊也寫過李翰祥、張徹等
導演。而張曾澤事後從台灣回來，特攜兩大罐靚茶葉擺放
在我的寫字檯上，並輕拍著我的肩膀說：「老兄，別老喝
白開水，喝點茶是有好處的。」說罷，翩然轉身離去。我
望著他的背影不禁狐疑：「他怎知我喝白開水呢?」仔細一
想，原來那天他來我寫字檯前跟我交談時，檯面上那杯白
開水就讓他看到了。經此，我才改變了從大陸帶到香港來
的喝白開水習慣，此後每天都品起茗來。

張曾澤加盟邵氏的第一炮《紅鬍子》並沒有打響，賣
座沒有超過一百萬。

後來他改編徐訏的名作《江湖行》，由李修賢出任男
主角，也是中規中矩之作。隨後拍了一部《吉祥賭坊》，
用何莉莉作女主角，大為賣座，再次顯示了他名導演的本
色。但不知何因，沒多久他就回台灣去了。

此時，宣傳部來了一位近五十歲的女作家潘柳黛，身
形稍胖，膚色黧黑。我早就聽聞其名，知道她早於四十年
代就在上海文壇與張愛玲齊名，與蘇青、關露並稱為上海
四大才女；後來來到香港，繼續筆耕文壇維生。我也讀過
她一篇寫張愛玲的文章，寫得很精彩。她很隨和，沒有架
子，跟尹懷文和我這兩個寫稿的人都很談得來。張徹當時
盡用他那班打仔愛將拍了一部大部頭電影《十三太保》，
特到新界古洞取外景。為了宣傳，還拍了一輯有關此片拍

攝花絮的紀錄片，指明要潘柳黛為它寫解說詞，可見這位大導演對潘柳黛也很推重。

有次，潘柳黛對我和尹懷文兩人說：「你們不可寫宣傳稿寫得太久，否則，會寫壞筆的。」這句話引起了我的深思。的確，寫宣傳稿會有點言不由衷，甚至因矯情而使文字變得造作，扭曲了事實的面目，久而久之，你的筆就會漸漸變質欠缺靈慧之氣了。

以往我完全沒有這種警覺，潘柳黛這一提點不啻醍醐灌頂。好在我進邵氏後一直不斷在外間的報刊投稿發表作品，保持著與文藝界的聯繫，又因參加徵文比賽獲得大專組冠軍，而結識了沈西城、陳翹英等一批文藝青年，時有相聚交流，名副其實是一名文青。潘柳黛說這話時大概是1975年前後，那時我在文壇已漸有起色，在徐速主編的《當代文藝》月刊寫兩個不同性質的專欄「游子情懷錄」和「當代大陸作家評介」。每個週六下午，我就跑港九各大小書店買書或找資料，正在做著作家夢呢！那時我對文學和寫作的狂熱，的確沖淡了寫宣傳稿的單調和沉悶，根本就不當它有什麼價值，只是謀生的一種需要而已。

今日回想起來，要不是當年我入了邵氏宣傳部，給我提供了穩定的工作和生活環境，我哪能寫得那麼多文學性的東西呢！回想在影城的十年，我的確寫得很勤，很有收穫。1978年，徐速先生名下的高原出版社給我出版了第

一本書——散文集《遊子情懷錄》。翌年，該社又為我出版了評論集《當代中國大陸作家評介》。上述兩書且獲名作家司馬長風在《明報》他的專欄「集思錄」裡，予以評介，給我的鼓勵很大。

十、這些報刊潤澤了我的筆

我從大陸來港後，就一直看《明報》和《明報月刊》，這兩份報刊對我的影響很大，特別是胡菊人主編的《明報月刊》，我在邵氏上下班時都帶著它在車上閱讀。那時我還不到三十歲，精神和眼力都很好，一點也不覺疲累。記得有位同事見我一上車就翻開《明報月刊》來讀，就謬讚說：「你真是分秒必爭呀！」其實不是我很用功，而是那些文章多是出自名家手筆，太有吸引力了，值得我欣賞和學習。

我由於長期閱讀《明報月刊》，後來也嘗試向它投稿，記得第一篇是《名著改編電影的難題》，近萬字，有點理論性，但沒獲發表。自己檢討可能是文中引用的多是前蘇聯的電影理論和五、六十年代的影片，有點陳舊；還有重要的一點，就是以《明報月刊》的水準和我當時對電影的認識及理論修養，寫這個題目似乎超出了我的能力範圍。後來經過一段時日的沉澱，我覺得此文有些觀點尚有可取之處，經過修改充實後，轉投去《當代文藝》月刊，徐速

先生把它發表了。

我想在《明報月刊》發表文章的心願並未熄滅，1978年我又寫了一篇近萬字的〈「神童作家」劉紹裳的竄紅與夭折〉，再投去該刊，結果於1978年4月號發表出來，我非常開心。不久後我再投去一篇寫剛復出的大陸名作家王蒙的特稿，近三個月不見發表，此時胡菊人已去了傅朝樞辦的《中報》任總編輯。我曾致電《明報月刊》查詢，時任執行編輯的黃俊東說我那篇稿其實早就排好版，不知為何沒發表。一個多月後，董橋出任該刊主編，才將它發表出來。

經過幾年的學習和磨練，我覺得自己的文字已有顯著進步，起碼沒有以往那麼生硬了。這要歸功於進邵氏後有機會接觸台灣的報章和文學書籍所致。那時台灣的《中國時報》、《聯合報》和《中央日報》，都定期郵寄到我們宣傳部來，不知是邵氏宣傳部訂閱還是台灣那邊贈送。寄的方式是每隔二、三天，就把這幾天的報紙捲成一捆郵寄，抵達宣傳部後就丟放一角，根本沒有人理會。我偶然發現到它們，覺得副刊非常可取，特別是文字鮮活亮麗，感性很強，讓我這個深受大陸文風影響的青年讀來頓時精神一振，愛不釋手。記得《聯合報》副刊裡面有一個「楊子專欄」，很有個性，最為我所喜愛，每篇必讀；後來我還購買了楊子的散文集《感情的花季》和長篇小說《變色的太陽》等來讀。此門一開，台灣很多著名作家如余光中、李敖、柏

楊、琦君、張秀亞、林海音、顏元叔等紛紛進入了我的閱讀視
野,給了我的筆不少養分,也使我更加愛上寫散文。

十一、張徹紅透半邊天

　　陳銅民來邵氏宣傳部做經理不到三幾年就辭職了,大
概是想當導演的目的無法實規所致(後來他的兒子陳可辛
卻成了香港名導演)。此時張徹引薦一位來自台灣的文化
人錢愛其出任《南國電影》主編。錢愛其四十多歲,長相
有點粗豪,濃眉大眼,但字寫得娟秀漂亮,文章也寫得不
錯。人們背後愛將他的名字戲稱為「愛其錢」,或「其愛
錢」,又或「錢其愛」,引為笑談。

作者攝於影城後山武俠片搭景前(1971年冬)。

　　不久，邵氏聘得香港名報人麥耀堂先生來當宣傳部經理。起初他並非全日來上任，只下午來半天試水溫，大概他聽說邵氏宣傳部是「三煞殿」，這個位子不好坐，故先來摸摸底。結果做不到一個月就打退堂鼓，繼續做其報人去了，此後常見他在報上以「唯靈」為筆名寫食經。

　　麥耀堂不來後，宣傳部暫由錢愛其署理經理一職。一天下午，在片場拍戲的張徹突然召見他，大概因為某些宣傳事項讓他不滿意而當眾將錢斥罵一頓。須知此時的張徹正紅透半邊天，在影城要風得風要雨得雨，發發脾氣頤指氣使是常見的事。錢愛其蒙此晦氣怎受得了？回到宣傳部經理室門前，猛地舉起右腳拼力朝門一踹，隨著砰地一聲巨響，他亦衝口大罵道：「媽的，管你什麼張徹不張徹！」宣傳部眾人頓時給嚇呆了。經過這一事件，錢愛其也離職回台灣去了。

　　說起張徹，他為武俠片和打鬥動作片樹起陽剛風格，的確威震一時。那時在香港邵氏院線上映的影片，票房能突破一百萬港元的已屬上乘之作，張徹當時拍的電影幾乎部部都在百萬以上，故被人稱為「張百萬」。五十年代張徹在台灣曾從政，後拍過電影《阿里山風雲》，該片主題曲〈阿里山姑娘〉亦傳唱甚廣，歌詞「阿里山的姑娘美如水呀，阿里山的青年壯如山」就是出自他的手筆。他初從台灣來港時曾頗失意，後以何觀為筆名寫影評而受重視，

終為邵氏羅致出任編劇主任。繼而當徐增宏的副導演，後來正式執導演筒，惟初作拍得一塌糊塗，被邵逸夫下令燒掉。但他知恥近乎勇，後來拍出《獨臂刀》等片轟動一時，成為名震一時的大導演。我在邵氏任職期間，正是他導演生涯最得意的時期。

張徹擅寫文章，有段時期他與邵氏影城兩位著名文人易文（楊彥岐）、項莊（董千里）三人聯合在《明報》副刊寫一個專欄，輪流執筆，很受文化界注目。那時，我常見到張徹把寫稿帶到片場，趁拍片換場景的空檔寫作，大概那是寫幾百字的專欄，他認為毋須太認真即可成篇；或者對他來說，寫這類小文章根本就是倚馬可待的事。坦白說，我很喜歡張徹的文字，簡練有力，要言不繁，邏輯性很強。因工作關係，我雖然也需訪問這位大導演，但他當時意氣正盛氣派很大，讓我有點畏懼不敢輕易接近。張徹有點耳背，記得有次訪問他時，也許片場當時太嘈雜，而我因有畏懼心態說話又不敢太大聲，他突然張耳大聲反問我：「你剛才說什麼？」嚇得我真有點魂飛魄散，深怕冒犯了他遭他指責就不得了。幸好他隨即展露笑意才讓氣氛祥和起來。

十二、李翰祥才氣縱橫

大概在1974年，大導演李翰祥從台灣重回邵氏，當

時是震動港、台影壇的大事。說起李翰祥與邵氏，原本有一段恩恩怨怨。他本是東北人，青年時期在當時的北平藝專習美術，來港後任電影佈景師，獲二老板邵邨人賞識而當上導演。邵氏影城落成後他追隨邵逸夫，捧紅林黛獲得「亞洲影后」，由此聲名鵲起，又拍了瘋魔港、台、東南亞的戲曲片《梁山泊與祝英台》、《江山美人》等片，紅透半邊天。後來因片酬問題與邵氏起糾紛，遂離開邵氏而到台灣自組國聯電影公司拍戲，拍出《冬暖》、《媬縈》等不少好片子。

李翰祥是一位很有才華的導演，這次重回邵氏，外間有人揣測是邵老板制衡張徹的一步棋子，是否如此，我不敢妄議。但有一點我當時從資料中得知，李翰祥與張徹曾有過嫌隙：事緣張徹當年在邵氏當編劇主任時，曾刪改過李翰祥的劇本，引起李強烈不滿。那時李翰祥已是名重一時的大導演，而張徹則屬文人一名。據我所知，李翰祥本身就是編劇高手，他拍的電影，劇本大多是他親自執筆，以他當時的地位，豈容他人輕易冒犯？事實上，李翰祥重回邵氏後，他與張徹間的芥蒂仍可在某些場合反映出來。這兩位大導演平素在影城出入都有好幾個跟班相隨，有次雙方碰巧都欲在行政大樓二樓的試片間放映昨日拍的毛片（A拷貝），兩班人馬擠在試片室外僵持著，互不相讓，大有劍拔弩張之勢。幸而中文秘書室一名職員及時處理得宜，

謂已安排好不遠處的配音室可供試片，結果有一方的人馬乃拉隊前往配音室。這是我在現場親眼目擊的情景，至於是哪一方禮讓告退，這裡就不想道破，留給讀者猜猜好了。

李翰祥重回邵氏所拍的第一部影片《大軍閥》，起用著名諧星許冠文作主角，果然一鳴驚人，賣座超過二百萬。接著開拍的《乾隆下江南》等片亦叫好又叫座。

就在此際，卻傳出張徹步當年李翰祥後塵，自組長弓電影公司到台灣拍片的消息。外界紛紛揣測這可能是一山藏不了二虎所致。原來，他拉隊去台灣拍戲是由邵氏出資金，張徹自負盈虧，票房收益可以分紅，故「長弓」的出品依然由邵氏發行。然而，他的「長弓」在台灣拍片兩年，製作的《八道樓子》等片票房並不理想，只好結束回港，據說因而欠下邵氏巨額債務，須以二十多部影片的導演費來抵償這筆欠款。這是他事業走下坡的開始。

在我的心目中，李翰祥比張徹隨和，訪問他時也很配合，儘量把問題說得詳盡。他的家「松園」就位於影城大門口斜對面的小山坡下，記得有次他讓我到他家去做訪問，事緣他家樓上設有一個剪片間，他一邊剪片一邊接受我的訪問，氣氛很輕鬆。他有兩位副導演，一位是拍戲現場的副手夏祖輝，另一位則是事務性的助手馬斐。我跟馬斐很熟絡，通過他我可以拿到李大導親自編寫的電影劇本的影印副本。我發覺李大導執筆的劇本特別精彩，除了對

白精警有趣外，對場景氛圍的描寫也特別生動形象，文學性很強。

十三、台灣影評家鄭炳森上任

潘柳黛與尹懷文（小不點）相繼辭職。不知是否潘柳黛的介紹，尹懷文很快就在外面報刊寫專欄，她在宣傳部的職位聘得黃茂源頂替。黃茂源年紀與我相若，有點名士氣派，工作半年後彼此熟絡，有次星期六輪到他值班下午需留守崗位，我本可下班但為趕寫一篇外頭的稿子而留下埋頭工作。他突然走過來輕聲對我說：「我相信你很快會成名。」我愕了一會，反問：「何以這樣說？」他說：「剛才我觀察你好久，發覺你寫作時那麼專注，又坐得安穩，二、三個小時都未見你起過身。」我報以一笑，不知說什麼才好。那時大概是 1975 年左右，我的確正在做著作家夢，但不知何時才有機會出版第一本書。黃茂源有點清高和憤世嫉俗，工作不到二年就辭職了。

邵氏在 1976 年前後，自台灣報界和影視界聘得一批精英人物來宣傳部任職，似有大幹一番的架勢。出任宣傳部經理的是鄭炳森先生，他是台灣著名影評人，著有《世界電影的裸變》等書，原在台視工作。他帶來一個撰稿人吳炎城，坐在我對面，年齡比我約大十多歲，人很老實，文章也寫得不錯。同來的還有在台灣當記者的馮偉林，出

身台灣政大英文系的馬德明，美術設計師李森和負責公關的女記者黃珊等，可以說全是第一流的人馬。他們都住在影城宿舍。

新人事新作風，台灣這批精英來到當然會有一些改變，但總的來說，還是脫不了蕭規曹隨，並沒有什麼根本的創新和突破，因為台灣和香港兩地畢竟體制不同，難以讓他們大展拳腳。大概過了不到兩年，這批人或在香港另覓它職，或回台灣，各散東西了。其中最有收獲的應是馬德明，他考入英國BBC電台，又娶得邵氏一位漂亮的女職員為妻。李森則到香港TVB電視台美術部任職了一段時日，頗有建樹。吳炎城離開邵氏後留在香港長居，開過地產中介公司，娶妻終老。黃珊來邵氏宣傳部主要職務除了寫稿外，還負責招待一班娛樂記者到影城採訪，她自己在宣傳部有一個專用房間。黃珊長得高大漂亮，活動力很強，她的妹妹黃屏是「溜冰皇后」，那時的知名度很高。

繼鄭炳森之後出任宣傳部經理的是潘敬達，他英文很好，跟三老板邵仁枚的公子邵維錦是朋友，而他也較為側重西片發行放映的宣傳方面，表現不過不失。做了一年半載也掛冠而去了。

十四、我當不了編劇

桂治洪跟孫仲、華山、牟敦沛等是邵氏比較年輕一代

的新銳導演，他拍的香港社會寫實電影《成記茶樓》很成功，受人注目和好評。我和他認識很久了，他很看重我的文筆，特邀我為他編寫一部香港奇案電影《姦魔》，這是根據香港一宗理髮室洗頭仔犯下奇案的新聞改編的影片，桂導演交給我不少當時香港報紙有關這宗奇案的報道。我讀過的電影劇本不少，還讀過張駿祥的專著《關於電影的特殊表現手段》，一直也躍躍欲試，於是答應下來。

但一旦執筆，才發覺自己的社會活動面太狹窄了，生活經驗實在貧乏，對香港現實社會的瞭解也很浮淺，既欠缺想象力，情節也沒有吸引力，這才知道自己根本不配當編劇。最後交上去的「劇本」，還須經由著名編劇家司徒安重新大動手術，增加了很多富戲劇性的東西。儘管如此，桂導演還是很給面子，除了補償給我一筆編劇費外，還把我的名字也署在片頭字幕上，置於司徒安之後，讓我覺得汗顏。經此，我永遠都不敢染指電影編劇這行當了。

黃珊離去後，1978年邵氏聘得林冰來代替他的空缺。林冰是香港著名娛樂記者，寫明星、導演非常傳神生動，可讀性很高，所以香港很多報刊娛樂版都愛邀她撰稿，相信她賺得的稿費一定不少，否則，她哪能投資拍片且邀得劉家昌執導？（不過，那部影片並不成功，可能虧了本）。林冰很聰明能幹，也刁蠻潑辣，說話得勢不饒人，毫不留情面。有次她對我們說：她小時跟外婆生活，吃飯時一見

飯桌上的菜不合胃口，就索性把飯碗反叩在桌子上跑了。

　　林冰有時也跟隨我們到影城外的大埔仔村的村店吃午飯，步行來回，縱情談笑，很是開心。有次，她與程文煒和我三人同行，她問我有否買股票？我說沒有，也不知怎麼買。她說如果有餘錢，不妨買點藍籌股，諸如匯豐之類，起碼可以保值。我反問她你自己有沒有買？她說她買股票不行，但會買樓；並建議我如果想買股票，就叫程文煒幫我買；程是她在國泰電影公司時的老同事，後來加盟邵氏，人很隨和踏實，他也當即答應可以替我買股票。

　　此時，匯豐銀行西貢分行已於邵氏辦公大樓地下設有一小分行，每週二天營業，我申領得一本支票簿，便託程文煒替我買了約六萬港元的匯豐股票。事後陳文煒叫我親自帶支票去位於中環畢打街的中建大廈某樓之股票經紀行交收。那時尚未有地鐵，我請了半天假，從影城坐巴士到九龍彩虹村，再轉車到天星碼頭，然後坐渡輪過海才抵達中環，真可說是山遙路遠，足足用了兩個鐘頭。那家股票行不大，只有三四個人辦事，老板姓沈很誠懇，交收時得知我從那麼遠而來，特給了我他在九龍尖沙咀加連威老道一間窗簾舖的地址，那是前舖後住家，沈妻在店舖做窗簾。沈老板說以後如有股票買賣，可於放工後在該處交收。

　　這次買匯豐股票很合時，約兩個多月後，匯豐將手上

的和黃股份賣給李嘉誠，大賺了一筆，股價自然也升了不少。程文煒叫我乘機放出股票，第一仗就讓我賺得萬多元。當時我的月薪才是兩千元，幾乎是五、六個月的薪水，真是廣東話說的「好不和味」。經此，我就懂得如何買賣股票了，但我不敢冒險，買的多是大籃籌，股災時就收息；加上本錢不多，又不敢做孖展，自然談不上有多大進帳，只屬略有斬獲而已。

我當時負責撰寫的「本事」（俗稱「戲橋」）都會翻譯成英文，由一位名叫黃金匯的老先生翻譯，他六十多歲，座位就在我對面。黃先生原是台山華僑，以往在印度政府一個機構當通譯，退休後來香港定居，入邵氏宣傳部負責英文翻譯。他很老實，不苟言笑，但中文不太好，他翻譯「本事」時總要我先把故事講給他聽，然後才下筆。由於他是長輩，彼此又姓黃，所謂「同姓三分親」，平時頗談得來，所以我也不厭其煩給予協助。如此經過了好幾年，到了1978年農曆除夕前一天下班時分，人事部突然一紙通知把他炒了魷。據說是邵氏第二代高層人士邵維錦發覺他譯寫的英文太「古老」，一怒之下當即下令人事部把他炒掉了！

黃先生接到通知呆了好一陣，我安慰了他幾句，也難過地送他登上開往尖沙咀的公司班車，因他住在港島西環屈地街，還要轉乘渡輪過海再搭電車。我則搭乘另一架開

往深水涉的班車，回到荃灣家裏吃罷飯洗過澡已近九時，突然接獲黃太的電話，詢問黃先生為何那麼晚還不見回家，是否公司有急事要他加班？我只好把發生的事和盤托出，並安慰她別太擔心，再等一會他會回家的。但說過這話後我自己也有點擔心起來，怕黃先生經受不了打擊會發生什麼意外。幸好，約半個小時後，黃先生來電，說他已回到家了，剛才他是在尖沙咀海傍散散心，才遲了回來。我這才放下心中大石。

跟著到來的這個農曆新年初五，我和妻子特帶同三個小孩到黃伯伯家去拜年。以後我們一直保持聯絡，幾年後他們夫婦移居澳洲，與兒子共住直至終老。

十五、易文空降宣傳部

後來，邵逸夫把大員易文（楊彥岐）先生從製片部空降到宣傳部坐鎮，同來的還有原是編劇、著名作詞人陳蝶衣。

易文畢業於上海聖約翰大學，中英文俱佳。他是曾做過無錫縣縣長的文化名人楊千里之子，抗日戰爭時期出任國民政府在重慶出版的《掃蕩報》總編輯。勝利後該報易名為《和平日報》在上海出版，易文繼續任總編輯，直到上海解放前夕他才轉來香港。先是從事寫作，出版過幾本小說，又翻譯出版了《荷里活工作實錄》。然後在「電懋」

（國泰電影公司前身）當導演，曾將徐速的長篇小說《星星、月亮、太陽》改編搬上銀幕而名揚一時。鄒文懷離開邵氏後，易文被邵逸夫羅致到影城來。他的文筆極佳，我讀過他記述其報人生涯的〈從嘉陵江畔到黃浦江頭〉和寫其父親的〈我的父親楊千里〉等文，至今仍有深刻印象。

以易文的資歷和才幹，把他調來宣傳部似乎有點大材小用了，怪不得他很不投入，也沒有什麼顯著建樹。每天十點多鐘才施施然來上班，然後一直躲在經理室裡，很少出到大廳來指導工作或跟下屬交談。他身體也較差，那時還不到六十歲，據說已患有肺氣腫，常見他躺在大班椅上喘氣。他中午也不出去吃午飯，常常叫我飯後代他買一份牛肉三文治和一杯奶茶作午餐。

有次，易文在經理室裡接到一個長途電話，他可能聽不太清楚，於是扯高了嗓音大聲說話，恰好房門又沒關上，所以聲音在大堂裡都能聽見。剛好此際邵老板邵逸夫前來找他，聽到他大聲說話，也許此時邵老板的心情不太好，待易文一放下電話，他就站於經理室門口用上海話劈頭蓋腦把易文大罵了一頓，指斥他講電話何須那麼大聲，又不關好房門；罵了一通後悻悻然離去，才走到宣傳部大門口，又轉身走回經理室門口，再將易文罵了好幾句才離去。這是我在邵氏影城十年，唯一一次見到邵老板大發脾氣罵下屬。

　　說到邵老板，不禁想起他的元配夫人黃美珍女士，因邵老板排行第六，人稱六先生，所以人們也稱黃美珍女士為六嬸，當時也常可在影城見到她的身影。見得最多往往是在下午四時半左右，因她此時會與會計部的干小姐一道，沿著影城那條斜路上去製片部給日薪工人發薪，干小姐手裡提著一隻裝有鈔票的小鐵箱。原來，製片部有不少散工從事搭景等工作，他們都是日薪工人，每天下班時就要拿工資。製片部有一個小房間，臨街開一扇小窗，干小姐和六嬸就在這房間裡憑工人遞進小窗的開工紙，給他們發現金工資。當然，主將是干小姐，六嬸只是從旁協助而已。

　　六嬸平素很隨和、樸素，沒有老板娘架子，留給我們員工很好的印象。記得有一次，六嬸拿著一張藥方來到我們宣傳部，要我們印發出去。原來，那藥方據說治療癌症很有效，都是草藥，主要是白花蛇舌草之類。我們當然不敢把它視為治癌的靈丹妙藥，只是影印了若干份分發給同事作參考而已，但她那份慈善之心卻令我們深深感動。

　　著名作詞人陳蝶衣在邵氏本是當編劇，以寫戲曲片最為拿手。但邵氏自從我進影城時放映了一部以唐伯虎點秋香為題材的戲曲片《三笑》（岳楓導演）後，便是武俠打鬥片的天下了。陳蝶衣既無用武之地，就被安排到宣傳部來與我們一起做同事。他沒有什麼特別職銜，也不必做具

體的宣傳部工作，座位就在我的旁邊。蝶老（當時大家都
這樣尊稱他）很隨和，從不對宣傳部的事務發表意見，只
是埋頭寫他的稿子。其時他在《香港時報》有個專欄，每
日須寫一篇五、六百字的稿子，又要為《大成》雜誌每期
寫一篇幾千字的影壇憶舊之類的文章；他還備有一本簿
子，放於案頭，專收錄他寫的舊體詩詞。我發覺他對寫詩
填詞非常喜愛，偶有所見所感，信手拈來，即成一首，對
格律、平仄等十分純熟，讓我佩服。（按：他晚年得香港
藝術發展局的資助，出版了兩大冊詩詞集《花窠醉寫》）。

易文六十歲左右就不幸病逝，他的太太周綠雲記者出
身，後來習畫，師從香港水墨畫先驅呂壽琨，是位比較前
衛的畫家。易文去世時她曾來宣傳部經理室清理易文的遺
物，含笑與我們打招呼，神情很親切。

十六、黃金巴實幹多點子

後來接任邵氏宣傳部經理的是黃金巴先生。他本來在
製片部從事美術工作多年，後被調到宣傳部出任美術組主
管，負責設計海報、報刊廣告等工作，對宣傳部的事務十
分熟悉。

從我經歷的上述幾位宣傳部經理看來，黃金巴是實幹
派，善於出點子，加上又是獲擢升出任這個職位，故對宣
傳工作比較投入和賣力，因而做得較為出色。

　　黃金巴當時在宣傳邵氏影片方面出了一個新點子，就是但凡邵氏即將上映的影片，他先安排在香港商業電台播放該片的廣播劇，並配上廣告，造成一種聲勢。他聯絡得商台「播音王子」楊廣培先生負責製作電影廣播劇，楊廣培則要求黃金巴安排一個人為他編寫廣播劇本及擬寫廣告句子，酬勞由邵氏支付給商台的廣告費及廣播劇製作費中撥出。黃金巴便把我推薦給楊廣培，記得每個廣播劇本楊廣培給了我八百元稿費，這比一般的稿酬好多了，我欣然接受。此後但凡有影片要播廣播劇的，就由我先寫好廣播劇本直接交給住在美孚新村的楊廣培。他對我的劇本很滿意，開頭一兩部他們戲劇組排演時，還邀我到廣播道的商台排演現場參觀，介紹那些播音員給我認識。我們合作了二、三年之久，一直都很愉快。

　　不過，此後由於電視的蓬勃發展，加上獨立製片的興起，對邵氏這種「片廠」流水生產的製作方式造成了很大的衝擊。

　　在這種背景下，很多傳統的宣傳方式都不適用了。例如由我們負責撰寫的每部影片的專刊，因報紙的娛樂版已有專職記者前來影城採訪，不再刊用這種靜態繕稿而取消了。我只需撰寫本事和挑選一組劇照。《南國電影》和《香港影畫》雖仍常邀我寫稿，但這兩份刊物也已不復往昔盛行，銷量下跌了不少，因外間已增加了好幾份電影或

電視刊物在爭奪市場。

到了上世紀七十年代末、八十年代初，邵氏這個曾經威震東南亞的電影王國，經歷二十多年的風光後，開始走下坡了。隨後分批裁員，到 1985 年已基本結束了往昔的拍片模式。

1980 年初夏，我終於離開了工作十年零五個月的邵氏影城，到香港無線電視台（TVB）公關宣傳部兼職了一段短時間，然後投身於文學刊物《當代文藝》月刊的復刊工作。1983 年 9 月，我獨資創辦奔馬出版社暨附屬當代文藝出版社，致力於書刊的出版，經營了 32 年，直至 2016 年退休。

我想，如果沒有十年多在邵氏影城打下的基礎和建立的人際脈絡，我的文學活動和出版事業一定難以那麼順暢。所以在懷念影城那段可貴經歷時，我的內心一直充滿著感恩。

完稿於 2022 年 3 月 15 日疫情肆虐時

（作者附言：關於本人在邵氏工作時的撰稿情況，本書第三輯「文蹤印跡」選刊三篇筆者當時發表於《香港影畫》和《南國電影》兩份月刊的文章（見 P205），讀者不妨參閱。）

創業搞出版歷程瑣記

　　我搞書籍出版一共32年（1983—2016），這段歲月應是我人生最重要的組成部分。但這是個小事業，因為是我個人獨資經營，沒有任何背景，投入的資金有限，又欠缺魄力，難以搞出大名堂，只能算作「小本經營」中踽踽前行，綿延三十多年，出版了近四百種書籍，四種期刊雜誌（共125期）。談不上成功，只屬有始有終，完成了我的心願。

　　有朋友慫恿我將這段經歷寫下來，以供有志於創業者作參考。我認為自己沒有什麼值得談的經驗或心得，有的則是其間的際遇可以說一說。

　　我青年時期在邵氏影城工作了十年多，主要從事撰稿，也經常在外間報刊發表一些文藝作品。由於喜愛閱讀，經常接觸書籍，於是希望日後有機會開間小書店或搞間小型出版社，作為養妻活兒的謀生手段。但我是個打工仔，又無父蔭，創業資金從何而來呢？另外，俗語有說「生意不熟不做」，無論開書店或搞出版，我全無經驗，又如何入手呢？所以至四十歲前，這個願望一直停留在空想

階段。

一、走進出版行業

1981年初夏我離開邵氏影城，到無線電視（TVB）公關宣傳部兼職了一段時日。一年後，港島北角的天聲圖書公司東主鄭雪魂先生有意將已故名作家徐速創辦的《當代文藝》月刊復刊（此刊於1979年4月出版了第161期後停刊），聘請我任主編。我跟鄭先生素未謀面，他聘請我出任此職是出於作家沈西城的推薦，大概鑑於我曾是《當代文藝》的長期作者，又受過徐速的栽培。既然有人出錢給我搞文藝雜誌讓我當主編，我當然很高興地答應了。

當時鄭先生在北角英皇道鄰近皇都戲院處經營了一間天聲書店，由於該處人流多，是個旺地，故生意不錯。鄭先生三十多歲，雄心勃勃，也頗有文化修養，除經營書店，決意進軍出版業，成立天聲出版社，在書店對面的堡壘街租用一層樓宇作社址，聘請一些人手，包括將在三聯書店當美術設計師的沙戈挖過來，又購置了兩台二手日本照相植字機，準備大展拳腳。

鄭先生很有生意眼光，先是出版流行歌書，聘請懂音樂的人配上吉他譜，出版厚厚一大冊的《金縷曲》，一紙風行。他認為以他開書店來搞出版非常有利，因為書店可作風向標，預知何類書籍正在流行或較受讀者歡迎，從而

著手出版哪一類書。所以他復刊《當代文藝》的主要目的
是作為宣傳和聯繫作者的陣地，以出版各類有賣點的書
籍；而我除了主編《當代文藝》，他也要我兼任天聲出版
社總編輯之職。反正那時我還年輕，有的是衝勁，加上做
的都是我喜歡的工作，因而興致勃勃地上馬。

　　結果，《當代文藝》於1982年9月出版了復刊號，作
者陣容鼎盛，反應很好；只是鄭先生對市場估計得太樂
觀，印了五千本，只銷了約一半。第二期馬上縮減為三千
本，但仍然太多，因為第一期有部份人是由於復刊想看個
究竟而購買，第二期這些人有一部分失去了。出版了第三

　　著者主編《當代文藝》期間，曾於1983年5月15日
舉辦「當代文藝之友」郊遊活動，不少作者和讀者參加。

期之後，才得知實際銷數（連訂閱）還不到兩千。事實上，搞文藝雜誌根本就是賠本生意，無利可圖，行內早就流行著這樣一句笑話：「若你想要坑害一個人，最好的辦法就是慫恿他去辦文藝雜誌。」只是我們那時不信邪而已。

至於出版書籍方面，沙戈的封面設計很亮麗別致，我們出版了李碧華的《爆竹煙花》、鍾曉陽的《停車暫借問》（香港版）、阿濃的《一刀集》、七位女作家的合集《七好文集》等書，加上鄭先生拿手的暢銷歌書，成績算是不俗。原本對出版一竅不通的我，由於鄭先生把業務的實際操作都交給我去處理，也就讓我從中學到了不少關於出版方面的東西，包括用紙、製版、分色、釘裝等等。鄭先生大概看出我有染指出版業之意，有日他跟我喝茶時笑著對我說：「我希望你幫我三年，以後你去自立門戶吧。」我只是笑笑，沒說甚麼。

沒多久，英皇道的天聲圖書公司把相鄰剛歇業的一間金鋪也租下來，進行裝修，連成一片，擴張營業。其實，這是一項不當的舉措，因為書店並非大生意，你在同一地點把門面擴大一倍，並不表示你的生意也可多做一倍，但你的鋪租卻要增加一倍。不知聰明的鄭先生為何會有此決定？如果他選擇遠些的地方再開一間則另當別論。此事發生後不久，鄭先生的資金週轉便出現問題，發薪延後了，有些該付的賬項也沒按時清付。有傳鄭先生是炒金失利

了。再拖兩個月，天聲圖書公司和天聲出版社宣告結業，鄭先生也只好破產了。

我在天聲出版社工作了一年多，《當代文藝》月刊出版了12期，當時約有五百多個訂戶。這份刊物突然停刊，問題太矣！因為無法善後，我身為總編輯，很多作者的稿是我約的，拖欠了他們的稿費無法清付；還有訂戶的訂閱費，理應按所欠的期數退款，但鄭先生也拿不出錢來。如果就是這樣爛尾，《當代文藝》原本的好名聲乃至我本人的名譽也會受損，我當時非常焦急和難堪。

二、成立「奔馬出版社」

考慮了幾天，我終於決定自己勉力成立一間出版社，一方面接辦《當代文藝》雜誌，目的主要為償還訂戶餘下的期數；另方面則是出版書籍，這本是我的志願，現在我既然已基本掌握了出版上的各個環節，可以應付，除了資金不多，業務操作上沒有什麼難度。至於拖欠稿費的問題，經我作了解釋說明，一般作者都很體諒，主動提出不作計較。記得最大宗的是金東方女士，她連載了一個中篇歷史小說《逐鹿記》約五萬字，稿費幾千元沒到手，但她毫無怨言，還表示會繼續支持我接辦《當代文藝》，讓我非常感動。（按：後來我成立的出版社啟動後，曾為金東方的《逐鹿記》出版成書；她在該書另增加了〈夜審皇

后〉等章節。）

另外，還有一位新加坡籍的陳先生，在尖沙咀寶勒巷經營空運生意，將香港最新出版的書籍雜誌空運至新加坡發行到星馬等地區。他因當年讀南洋大學的年代，曾投稿徐速主編的《當代文藝》獲得發表，因而一直閱讀和關注這份雜誌。當他得悉我資金短絀仍準備勉力接辦這份雜誌時，主動與我連絡，表示願意在星馬地區包銷800本以作支持，讓我大受感動，信心倍增。

我這個人性格比較拘謹，不善交際，看起來就不是個營商的料子。所以我準備搞出版的消息傳出後，一位先幾年已搞出版的舊同事衝口說我是「發神經！」作家阿濃大概也看出我的性格弱點，語重心長地提醒我說：「你要搞出版，可不能匿起來啊！」他們的批評我內心都接受，因為這的確是事實，需要我去克服。

在這樣倉促和資金不足的情形下創業，無疑是很被動的背水之戰。其時我有三個孩子年紀尚幼，家庭負擔不輕，如果出版搞砸了，後果怎麼辦？所以我戰戰兢兢，一點也不敢掉以輕心。

於是我從以下三個方面積極展開籌備：

第一，為打響頭炮，須有名家出陣才能先聲奪人。我想起了當時有「香港報壇奇才」之稱的名報人梁小中（石人）先生，他曾出任香港多家大報的老總，又以「石人」

等筆名在各大報寫專欄，很受讀者注目。鄭先生對他特別欣賞，在復刊《當代文藝》初期就叫我去專訪他，然後於該刊發表了這篇專訪，我因而得以跟他結緣視他為師。他每天上午寫完各報的專欄稿後，必與妻子在銅鑼灣皇室大廈一間酒家喝茶。我直接前去拜見他，把《當代文藝》面臨的變故和自己準備搞書籍出版的意願和盤托出，希望他能助我一臂之力，以他的作品打響頭炮樹立聲威。他聽後略為思考了一下就說：「我支持你！我可以先給你兩本不同類型的書稿，相信不致使你虧本。」

他所說的兩本書稿，其一是指在《星島晚報》以「石人」為筆名的專欄「偶然集」，那是很受讀者歡迎的生活隨筆，顯示了作者的睿智和博識；另一則是他以「唯性史觀齋主」為筆名在《東方日報》等報發表的「成人笑話」。我一聽到出版這兩種書就拊掌叫好，特別是「成人笑話」，因為這幾年來黃霑的《不文集》，在市面熱賣至二、三十版，正說明這類充滿娛樂性的葷笑話很受市民歡迎。

我又想到著名作詞人陳蝶衣先生，他有一批寫香港影壇掌故秘聞的文稿，我認為很有出版價值，於是與他聯絡。「蝶老」曾和我在邵氏影城宣傳部做過同事，所以很好商量，我一提出來他就滿口答應。他寫的這類文章大部份發表在沈葦窗主編的《大成》雜誌上，每月一篇約五千字，已寫二、三年了。我建議書名叫《香港影壇秘史》，

他完全同意，表示兩週內就可將稿件整理好交給我。

第一批出版上述三種書就這樣確定下來。

三、獲馬健記圖書公司支持

另一個急須解決的問題，就是書出版後，該交給誰發行好呢？這是個很重要的問題，關乎日後的收入來源，亦即是經濟命脈。香港當時幾個書刊發行商我都不認識，又找不到適合的人作介紹。

我後來想到在九龍旺角西洋菜街近先施公司處開「馬健記圖書公司」的馬健先生，眼前一亮，因為我以往常到他的書店買書，跟他熟識，且頗談得來；我年前自費出版的散文集《生命的迴響》，就是交給他代理發行。他的書店位處旺區，經營得很好，在香港書業界甚有影響力。

想不到馬健先生聽我訴說了打算搞出版，以及已獲得「報壇奇才」梁小中和文化界前輩陳蝶衣的支持後，當即表示會鼎力支持和合作。他勉勵我說：「香港目前的書業尚屬好景，只要認真去搞，還是可以搵兩餐的。」隨後又告誡說：「……如果又鍾意跳舞，又喜歡跑馬，那賺得的微利就不夠揮霍了。」我連連點頭同意他的提醒。

馬健先生除了答應代理發行我出版的書籍外，還針對我資金不足、週轉有困難等問題，提出了幾個切實可行的解決方案：

一、每種書出版後，馬健記首先包銷600本，即書出版後一送到他的貨倉就可拿取這600本書發行價的支票（當時書業界一般的發行價為該書定價的五折，即出版商只能收取該書定價的一半。發行商發到書店去一般是6.5折，即賺1.5折。書店表面看可賺2.5至3折，但有時要舉行8折或9折大減價，還有折損等）。

二、馬健記圖書公司可以為我的出版社向紙行作擔保，即我印書時可隨時致電紙行送紙到印刷廠，三個月後才付賬（即享三個月賬期）。

三、馬健先生即時致送1000元現金給我出版社購置兩個大書架，作為恭賀我出版社開業。

馬健先生這幾項具體實際的支持和幫助，大大增強了我對創業的信心。隨後我即租用離我家不遠處新落成的荃灣地鐵總站南豐中心十一樓一個四正小單位，作為出版社的社址，掛起了「奔馬出版社」的小牌子，時維1983年9月1日。為什麼起名叫「奔馬出版社」，因為我特別喜歡馬，我出生的村子叫「馬頭村」，我讀的小學叫「馬躍小學」；而馬奔跑起來四蹄翻飛，雄姿英發，衝勁十足，我希望我的出版社也能這樣充滿活力，不是有「馬到成功」這個成語嗎？

香港中小型企業非常多，其中且有不少是一人公司，因為很多業務都可以外發到外間公司去做，你只須策劃和

付錢就是了。就像香港的出版業，有人各自開植字公司、設計公司、分色製版公司、印刷公司、紙行、運輸公司、發行公司、書店等，各家公司負責一個環節，力求把業務做得最好最有效率，因為有競爭，馬虎不得，否則就會遭淘汰。所以在香港開公司不難，去稅務局辦好商業登記後就可以運作，一切端賴公司主持者如何調度安排，不一定需要聘用很多人手，視乎你的實力、資金而定。

我的出版社開始時既然是小本經營，撙節開支自然是第一要務，不能隨意聘請人手，主要須由我自己親力親為。我這人青少年時期受過生活磨練，吃得苦，有拼勁，即使要兼做搬書送書的勞力工作亦可勝任。但無論如何，最少仍需聘請一個助手來協助我工作，包括校對、貼版（那時還是照相植字的年代，須做繁瑣的改字、貼版等工作）、送稿和我有事外出時接聽電話等等。但請誰才合適呢？

這時我想起一位曾經投稿《當代文藝》的馮湘湘小姐，她愛好文學和寫作，當時任職時裝售貨員，曾經表示非常渴望從事文化工作，希望我有機會時給她作介紹。於是我致電給她，問她是否有興趣來我的出版社幫忙？一聽到我出版社需要人手，她立即興奮答應，也不計較我給她的薪酬不多，真是天助我也！

四、打響頭炮信心大增

我信心滿滿地投入出版工作。當時市面盛行「袋裝書」，即大度48開，可放入西裝袋。第一批書三本都是這種「袋裝書」，即石人的《偶然集》，另一是唯性史觀齋主的《成人笑話》，這兩本是梁小中的大作，還有一本就是陳蝶衣的《香港影壇秘史》。我請得非常出色的設計家沙戈設計出版社的商標和三種書的封面，都非常新穎醒目。

1984年，本書作者（右）出任香港電台與《讀者文摘》雜誌聯合舉辦的「開卷有益徵文比賽」評判之一。在頒獎禮上接受主辦單位致送紀念品。

三本書的植字排版和出版印刷過程進行得非常順暢，如期在1984年農曆新年前印好，準備新年過後即推出市面。

每年農曆年過後的新春，是香港書業的旺期，因為很多青年學生都愛將新年收到的利市錢用來買書。馬健先生也為我這三種書的發行做了不少工作。首先，他斥資在香港銷量最大的報紙《東方日報》頭版為石人的《偶然集》刊登廣告，廣告雖不是很大，只四吋見方，但套紅，放於頭版位置，很醒目，連登三日，效果非常好。《偶然集》第一版3000本不到一個月就賣完。此書後來一共印行四版，並出版了第二集。而《成人笑話》，馬健先生則交由同德書報社發到全港報攤，此書雖然沒有黃霑的《不文集》那麼一紙風行，但也暢銷一時，印了好幾版。至於陳蝶衣的《香港影壇秘史》亦銷得甚為理想。

有謂「好的開始便是成功的一半」，這話確是一點不假。第一批三本書打響了頭炮，讓我對搞出版的信心大增，立即投入策劃出版第二批三本書，包括我特約沈西城撰寫的《香港名作家韻事》，賈雨村編著的《孤仙奇譚》和楊翼編的《奇女子張愛玲》。

《香港名作家韻事》很有賣點，出版後果如我所料，很快就再版。至於《孤仙奇譚》和《奇女子張愛玲》，則是我親自編的。為什麼會編起這兩本書來呢？

先說《孤仙奇譚》。那時正值中、英就香港前途問題

舉行談判陷入僵局時期，人心比較虛怯躁動。此時突然傳出港島銅鑼灣有狐狸精現身，蓋該地皇室大廈大堂的雲石牆壁上，出現了一隻極像是狐狸的動物圖案，引起很多人前來圍觀，鬧得沸沸揚揚，謠諑四起。後來又有報紙記者前來採訪，拍下該「狐狸精」圖案發表在報紙上，引起更多市民前來圍觀，道路為之堵塞，要勞動警方前來維持秩序和清場。

這一事件讓我靈機一觸：中國古典文學名著《聊齋誌異》裡不是有很多關於狐仙、狐鬼的傳說嗎？而且很多已被譯寫成白話文。於是我將它們收集起來，再作編輯改寫擬上新題目，書前則附了一篇我撰寫的近來有關銅鑼灣皇室大廈的狐仙傳說及各方反應之長文，趁熱打鐵迅速將它出版成書發行，居然賣了近三千本。

至於《奇女子張愛玲》，是我早就打算出版的一本書，因為當時我手頭掌握了不少寫張愛玲的文章和插圖，包括我在邵氏的同事潘柳黛寫的〈記張愛玲〉，胡蘭成的〈張愛玲記〉，水晶的〈尋張愛玲不遇〉等，這些文章都是片斷性地寫張愛玲，難以給讀者一個系統的全面印象。後來，我在1981年11月號的上海《文匯月刊》上，讀到張葆莘寫的〈張愛玲傳奇〉一文，文長上萬字，比較全面地評介了張愛玲，於是我決定把它們彙編成《奇女子張愛玲》一書，書中還附了許鞍華改編成電影的張愛玲同名小說《傾

城之戀》，以及羅小雲評論該小說的論文〈從《傾城之戀》看張愛玲對人生的觀照〉。此書於 1984 年 8 月初版，只印了兩千本，賣了頗久才賣完，其實這是我早就預料到的。但當時出版此書相對於後來出現的「張愛玲熱」，似乎有點「先知先覺」，已故作家柯振中就曾在一篇文章中指出這一點，讓我為自己的「先見之明」覺得有些喜慰(一笑)。

五、成立附屬「當代文藝出版社」

前面我曾提到，我搞出版的另一個目的是接辦《當代文藝》，以償還近五百個訂戶所欠的期數。這件事在作家和讀者的支持下，也算是進展順利。不過限於編輯人手和經費，接辦後只能把它出版成雙月刊，開本也由大 32 開改為正度 16 開，騎馬釘裝，內文只得 64 頁。坦白說這未免是「慳水慳力」的做法，但我已是盡力而為，結果我自己接辦的《當代文藝》又先後出版了 9 期，不但全部償還了訂戶的期數，也刊登了不少本社出版的書籍廣告，為我初搞的出版社發揮了很好的宣傳作用。（按：後到 1999 年 2 月，《當代文藝》獲香港藝術發展局資助，在我名下的出版社再以雙月刊形式出版了 12 期，至 2000 年 12 月停刊。所以我任主編的《當代文藝》先後合共出版了 33 期）。

奔馬出版社最初幾年盡量出版有市場價值的書籍，以

維繫出版社的生存。但很多書表面看來有賣點，實際推出市面後卻發覺讀者並不受落，所以市場是否看得準是個大難題。為了把出版文學書籍和其它雜書分開，我又乘接辦《當代文藝》的機會，成立了「當代文藝出版社」，作為奔馬出版社的附屬出版社。後來很多文學作家朋友都喜歡在「當代文藝出版社」出書，以致這個出版社反而比「奔馬出版社」出的書更多，名聲也更響。由於徐速先生在生時創辦的《當代文藝》月刊很成功，有不少人以為是我接辦了他的出版社，其實這是誤會。徐速當年創辦的是「高原出版社」，出版了不少文藝書籍，而當時《當代文藝》月刊也是以「高原出版社」作為「出版者」的。所以「當代文藝出版社」完全是我自己註冊創辦的出版機構。

我在邵氏影城工作時，因要撰寫「本事」（俗稱「戲橋」），讀了很多電影劇本。其中大導演李翰祥親自編寫的劇本對白精警，描寫環境氛圍的文字也特別傳神生動，閱讀起來就是極佳的文學作品，很讓我欣賞。我因而萌生了出版他的電影劇本的念頭，一來可給一般讀者提供新的閱讀形式，二來又可供有志於電影編劇的人士作參考。於是我致電與李大導聯繫，因彼此都認識，很快就獲得他贊同和支持。結果他提供給我三個改編自《金瓶梅》的電影劇本：《金瓶雙艷》、《武松》和《蕙蓮》，組成《金瓶梅三部曲》一書，還附了一篇他長期研讀《金瓶梅》的近兩萬

字心得之作〈「金學」研究走火入魔〉（原發表於《東方日報》）置於書前。李大導很重視此書的出版，特別沖晒了兩百多幀劇照給我作配圖之用，費用完全由他自掏腰包，而此書的版稅他也只象徵性收取一萬港元。此書大度32開，三百多頁，印了3,000本，推出後反應很好，為我初辦的出版社增添了不少聲威。

六、乘機出版香港歷史掌故

搞了出版社後，雖然很忙，但我始終沒有停止寫作，一方面這是我的興趣，另方面也為了實際需要：一則可以賺取稿費，二則那些文稿日後又可結集成書。所以當時我寫的題材都較有針對性，例如有關香港的歷史掌故的題材，由於那時「九七問題」正是香港傳媒和政治的熱點，連帶所有關於香港的物事，讀者都感興趣起來了。

那時我的朋友李漫山主編《姊妹日報》和《情報週刊》，他知道我平素愛搜集香港歷史掌故的資料，於是邀約我在該刊寫這方面的特稿，每期可寫五千字。於是我以「香港歲月」為欄名大寫特寫起來。由於週刊的期數較密，每月可連載約兩萬字，所以很快就積累了可以成書的文稿。後來我將這批文稿編成兩本書，一為香港歷史專題集《香江歲月》，另一是香港文物風俗專題集《香港風物趣談》，想不到這兩本書都很暢銷，多次再版，各自銷量超

逾萬本。因而有人竟把我說成是「掌故作家」了。其實我一直致力寫文學性散文，也出版了幾本散文集，這種散文才是代表我寫作的路向。

《香江歲月》和《香港風物趣談》出版後，1987年，《良友畫報》主編辜健先生也看重我寫的關於香港歷史和社會變遷的文字，特邀約我寫一篇有關九龍城寨的專題。那時九龍城寨屬「三不管」地帶，黃、賭、毒盛行，特別令人關注；時任香港新華社社長許家屯也曾前去視察。

旅日華人作家邱海濤先生來訪，與作者攝於出版社編輯部（1996年）。

《良友畫報》是有歷史性的大型彩色畫刊，我很重視該刊
的邀稿，三次親自到九龍城寨的陋巷檔口觀察，寫起來也
特別認真，發表後頗受好評。

　　後來辜健離職，由何家松先生接掌該刊，他也邀約我
繼續寫這類專題。於是我決定將香港各區分開來寫，分別
述說各區的發展歷史和風物掌故，每篇約寫四、五千字。
為此，我特到各區民政署去採集資料，還得到香港大學孔
安道紀念圖書館館長楊國雄先生的特許，讓我可直接去該
館查閱和影印資料。當時廣州出版了一份刊物《南風窗》，
熱衷刊載有關港澳兩地事物的文章，它把我在《良友畫
報》上發表的那些專題，全部隔月後予以轉載，且大都放
在頭條版位。此舉既然《良友畫報》並無異議，我也樂觀
其成，並託廣州一位親友按時去領取稿費。

　　在《良友畫報》連續發表了二十多篇專題文章後，我
決定把它們編輯成書，書名叫《香港古今》。為了豐富其
內容，我一方面到香港檔案處和香港博物館選晒了上百幀
歷史照片作內文配圖之用，書前則請攝影師拍了八頁香港
現貌的彩色照片，以凸現「古今」風貌；另方面則增編了
一份較為詳盡的「香港歷史年表」，以讓讀者得以從縱橫
兩個方面了解香港的發展變遷。此書出版後反應頗佳，共
印了四次，每冊定價80元，讓我賺了點錢。

七、整理出版徐速著作

徐速先生是我的恩師，整理出版他的遺著，也是我們出版社成立後的一項重要工作。徐速的代表作是長篇小說《星星、月亮、太陽》和《櫻子姑娘》，由其創辦的「高原出版社」印行，自五、六十年代問世以來，長期熱賣，是讀書界熟悉的暢銷書。他後期還創作了一部逾百萬言的長篇小說「浪淘沙三部曲」：《媛媛》、《驚濤》和《沉沙》，因徐速健康欠佳及去世，致使《沉沙》最後部分未及完卷，這「三部曲」因而一直擱置沒有出版。徐速去世後，其遺孀張慧貞女士曾到美國照顧年邁父親數年，回到香港後見我搞出版頗有起色，便將徐速的系列作品交由我名下的「當代文藝出版社」印行，包括未出版過的「浪淘沙三部曲」；至於《沉沙》未完成的部分，由於徐速生前曾大致告知了張女士故事的發展，於是由她續寫了一個萬多字的尾聲，作為這個故事的「大結局」，全書於是基本上完成了。

要怎樣把「浪淘沙三部曲」出版才好呢？這可是個有些棘手的問題！因為前兩部《媛媛》、《驚濤》都是厚厚的兩冊，各三十多萬字，《沉沙》的份量則還不到二十萬字，相形之下就顯得單薄不相稱了。苦苦思索之下，突然靈機一觸，想起徐速先生逝世時，報刊發表了很多文化界人士

悼念他的文章，有數十篇之多，我曾經把它們收集起來，準備出個紀念集。但因張女士去了美國，一直未能成事，現在何不趁此機會把這些文章編輯起來，附在《沉沙》一書之後，使它也成為一本有相當厚度的書，這可不是「順理成章」的事嗎？於是把這一想法告知張女士，她大表贊同。結果，「浪淘沙三部曲」三本書很完整地問世了。

除了《星星、月亮、太陽》、《櫻子姑娘》和這套「浪淘沙三部曲」：《媛媛》、《驚濤》和《沉沙》，我還把徐速生前寫的兩個中篇小說〈殺妻記〉、〈傳令兵〉和已出版多

旅美華人作家蕭可鷗先生（左）來訪，與著者攝於出版社編輯部。

年的短篇小說集《第一片落葉》，合編成厚厚一大冊的
《徐速小說集》出版。此外，徐速生前寫了不少散文，曾
出版過《一得集》、《唧杯集》、《百感集》等集子，我認為
他的散文成就不遜於小說，計劃選編一本有相當份量的
《徐速散文集》，但因經費和人手等問題始終未能成事，至
為遺憾。

八、以兩種方式出書

據我所知，文化人搞出版，成功的例子不多，最大原
因是不善管理，不善理財。其實，搞出版就像是栽種果
種，小樹苗從種下到會結果子，需要栽培好一段時間，這
段日子只有付出沒有收穫，是比較艱難的耕耘時期。尤其
是資金不足的小型出版社，創業後前幾年，由於書種不
多，加上在外界的知名度還沒打響，資金回流緩慢，要有
耐性去「守」一段時間才行，但不少人此時往往沉不住氣
而先潰退了。

我的出版社上了軌道後，當時頗富時譽的《南北極》
月刊總編輯王敬羲先生，邀我到該刊每天下午兼職三小
時，給我的薪酬不俗。王敬羲是美國愛荷華大學的文學碩
士，名作家，也是個很成功的出版人。他除了辦刊物和書
籍出版，還在尖沙咀漢口道樓上經營一間文藝書屋售賣書
籍，《南北極》編輯部也設在那裡。他曾語重心長地告誡

我說：「南翔呀，出版不容易搞，我是過來人，你可別把自己的出版社辦成『作家服務社』啊！」事後我不斷琢磨他說的這句話，恍然大悟內裏包含著大道理，也是我們文化人搞出版最易犯的通病和導致失敗的原因。他所說的辦成「作家服務社」，就是把自己的出版社當作福利機構般，不計是否有利可圖地為作家或寫作人出書，一味替他們服務，結果虧蝕的是你自己的錢，最後如果關門大吉也是你自己倒霉，沒有人會可憐你、挽救你。

我可以舉出一個實例來說明這個問題。我的出版社開業後沒多久，一位熱愛寫作的老朋友，有日拿了一疊已發表的文稿要我把它出版成書，都是一些散文隨筆之類。他是個普通文學愛好者，知名度不高，我知道出版這類題材的書很難有銷路，如果貿然出版一定會虧大本，就建議他自費出版，自負盈虧；拿出萬多元來支付排版費、紙張費和印刷費，我念在朋友份上，可以不收編輯費、存倉費和發行費；何況他當時有一份不錯的工作，拿出這點錢來根本不成問題。但他卻說他的錢要給在英國讀書的兒子交學費云云。言下之意是我既然開出版社，給朋友出書是義不容辭的本份，何況他以往也曾幫助過我（都是一些舉手之勞，不涉金錢）。但我當時僅憑很有限的資金搞出版，實在沒有能力達成他的願望。結果他怫然拿回文稿而去，從此連朋友也做不成了。類似要我斥資出書的還有好幾例。

後來，經過一段時間的摸索，我漸漸得出一條基本原則，即是：認為有市場價值有銷路的書，就由出版社主動聯絡作者，為其出資出書，日後按實際銷量付給作者版稅；而銷路沒把握的書則由作者自費出版，自負盈虧；我們出版社可以代理編印、存倉和發行，但須收取雙方議定的編輯費、存倉費和發行費。其實，即使如此也帶有濃厚的「服務」性質，只是並非無償的服務罷了。

1996年，「香港藝術發展局」設立後，不少作家都通過我社的協助（提供報價等），向該部門申請資助，然後在我社出版了自己的著作。但也有些作家嫌申請手續麻煩，出版後又須提供開支和銷售報告等，寧可自掏荷包一了百了。

九、與富豪打交道

我社也以「代理出版」的方式出版一些書。所謂「代理出版」，即這些書須用他們指定的公司或機構名稱作為「出版者」，而編輯、製作、印刷和發行等一系列工作，均由我社負責完成，其過程跟一般作家在我社出書並無分別。這類書一般是摯友或特殊長輩所交託，且都是純正有意義的好書，我怎能推卻？何況他們斥資又頗為慷慨，我有錢賺，又何樂不為！如畫家費侯碧漪女士，為她已故丈夫費子彬（著名中醫）編的六百多頁《費子彬全集》，委

托我社編印出版，須標明以她的畫室「古玉虹樓」作為「出版者」（此書後來再版兩次）；協成行的《方樹泉言論集》，須標「方樹福堂」為「出版者」；此外好友柯振中，晚年將自己的作品予以修訂重編，交託我社代理出版，並特用其創辦的營商公司「司諾機構」作為「出版者」，在我社連續出版了十種書。

說到編印出版協成行的《方樹泉言論集》，其間也有一些有趣的曲折，不妨一記。協成行是香港地產發展商和投資商，由富豪方樹泉先生創辦，方樹泉謝世後，其子方潤華先生接手主政。該機構營商之外，一向熱心公益慈善，捐款辦學等不遺餘力，深獲社會讚許；此外，它也很重視傳統教化，特設一「方樹福堂」來推行其事，常印製一些有益世道人心的書刊送贈給有關機構的人士和青年學生閱讀。我的出版社成立後，有朋友把我介紹給「方樹福堂」，為它代理編印一些印刷品。那時主持「方樹福堂」的是一位龔姓老先生，年歲已經很大了，而且似乎患有柏金遜症，走路一顛一顛的，惟腦筋依然清晰，由他與我聯絡。我們合作完成了幾種書刊後，龔老先生似乎很滿意，接著就拿出一大疊剪報，要我把裡面方樹泉先生生前發表的文字編輯成一本專書，印 2000 本，並叫我報上所需的編印費。

我把剪報拿回出版社仔細翻閱一遍後，發覺那些方樹

泉先生寫的短文，大多發表在當時的《星島日報》、《星島晚報》上，大都是對現實社會提出一些看法和有益的建議，內容是不錯的。但由於長短不一，題旨又五花八門，編輯起來要把它們分類，重複的地方刪去，每篇亦須另擬題目，這個過程就很費神費時。起初我想到自己那麼忙，打算推卻這件事，但想到這也是一條「生意」門路，一旦推卻就等同跟「方樹福堂」斬斷關係，亦即斬斷了這條財路。幾經考慮，認為如果答應做，此書的編輯費就不能太少，乃把稍高的編印費報上去，心想富豪應該不會太計較。三天後龔老先生來電，謂方老板說編印費須削減，不能超過五萬元；又說方（潤華）先生想見我。於是我去到中環面見方老板，他很誠懇地接待我，先送給我一條銅製的八吋長紙鎮，上鑴刻有方潤華題寫的「送給老友：富而好善，壽而安康。方樹福堂紀念方樹泉先生，一九八八年」字樣。然後問我對剪報內容有何看法？又說出版這本書是為了紀念乃父，希望我能認真把這本書編印好，此外再也不說什麼了。他這麼誠懇，我也不好再與他提編印費的問題。

回來後我終於耐心把這本書編印出來，書名也是我起的，叫《方樹泉言論集》。這本書完成後不久，「方樹福堂」要我編一本袖珍的《勵志嘉言》以派給青年學生。雖然是薄薄的一小本，但由於印的數量幾萬本，而且又完全

按我報上的價錢，讓我獲利比較豐厚。事後我想，大概是方潤華先生藉此酬謝我編印《方樹泉言論集》吧？

十、自置社址解決存倉

後來我還深切體會到：有志於搞書籍出版一定要有自己的貨倉。因為書籍的銷行一般較為緩慢，特別是有機會再版的書；加上書種漸多後，存倉量就更大了，如果沒有自己的貨倉根本就無從大展拳腳。

我的出版社開業後先在荃灣地鐵總站南豐中心經營了三年多，該地的面積不到二百呎，四正很好用，做個編輯部還可以。但書種一多，就需覓地解決書籍存倉的問題。起初我想在原地保留社址和編輯部，另在別處工廠大廈再租個小單位作貨倉，但這樣分隔兩地，在人手少的情形下管理起來很不方便。正在左右為難之際，徐速遺孀張慧貞女士建議我搬遷到沙田火炭工業區去，因她在該地的金豪工業大廈有一個約800呎的單位，可以以較廉價格租給我。原來，她這個工廠大廈單位本是作「高原出版社」的貨倉，但因多年已無再搞出版，存書不多，而且大都已殘舊，難以再在市面發售，可以清理掉。

那時我從未去過沙田火炭工業區，起初也有點躊躇疑慮，深怕該工業區較為偏避，交通不便，會影響日後的業務開展。及至張女士帶我去到一看，但見該單位四正加上

旅紐西蘭香港作家林爽女士來訪，與作者攝於出版社大門前（2000年）。

樓底很高，一面大單邊對著九肚山，山色蒼翠，景觀開揚，毫無遮擋，風景好兼且非常實用：其中三分一可用作編輯部，三分二則作貨倉，管理起來非常方便。由於廣九鐵路（現稱東鐵）在該處設有一個火炭站，下車後步行不需五分鐘就可抵達目的地，我對這個地方非常滿意。

　　果然，自搬來這裡之後，出版社的業務大有進境，很多人都自動上門來找我們出書或編印其它出版物。這個物

業我租用約一年後，張女士因兒子在美國讀書急需錢用，就主動提出出讓給我，通過銀行按揭使我從此有了一個固定的社址，不必再為加租或搬遷而煩惱，這對我出版社的生存和發展助益極大。

　　我的出版社經營三十多年來，可算「也無風雨也無晴」，在平穩中生存並略有發展，期間並無發生重大糾紛。原因是我們堅持信用原則，按合約辦事，儘量做到出版的書籍令作者滿意。其中有一項要特別提起的，就是儘量讓作者也參與編輯出版過程，讓他們對版面設計，採用的字體等都同意接受，以免書出版後產生怨言或爭端。據我所知，很多出版社作者交稿後，就不讓作者過問編校過程，完全由出版社全盤處理。如果嚴謹的出版社有較高的編校水準那倒是合理的做法，否則書出版後，作者因無法接受某些錯漏或設計而大發怨言，甚至大興問罪之師，那就麻煩了。

　　為此，我的出版社有一項做法，就是把已編校完成、行將付印的書樣，影印一份讓作者自行過目，即經作者自己再仔細校閱；如有錯漏的文字我們會補正，但規定作者在此階段不能大改，並須於二週內完成校閱交回。這些都在「出版合約」中早已寫明，實行起來雖然多了些麻煩，但對減少不必要的爭執卻起了很大的作用，何樂不為！我發覺，其實作者本身也很歡迎這樣做。

十一、喜見新銳崛起文壇

在我出版社出書的作者中，既有早已成名的著名作家，也有剛剛冒起文壇的新銳。這類寫作者有些自從在我社出版了處女作（第一本書）之後，繼續努力不懈，多年來連續出版多種作品，成為知名作家，在香港文壇佔了一席位。我由於經手出版他們的初期作品，得以見證他們的成名過程，覺得特別喜慰，與有榮焉。

先說馮湘湘女士。在我出版社創業之初，她答應來我出版社任職，協助校對、貼版等工作。當時她是一名文青，偶而在報刊發表一些詩文，因而對出版社的工作很有興趣和投入。我出版社出版了幾批書後，當時我很想出版一本寫香港影視明星的書，認為它有銷路，也早就收集了不少相關資料（因我曾在邵氏影城工作十年，對這類題材感興趣順理成章）。但由於太忙，一直無暇執筆。一日我偶然談起此事，馮湘湘就自告奮勇說她有興趣寫。她寫得好嗎？我有點半信半疑。結果我就拿出成龍的一疊剪報資料交給她，叫她寫5000字交給我看。她帶回家去寫，兩三天後交回來，題目叫〈成龍是條痛苦龍〉，是她自己擬的，一下子就吸住了我的眼球；再細看內文，寫得有汶有路、活潑生動，我不禁自嘆弗如起來，因為她在文中增加了不少我也不知道的很富趣味的情節。於是我把全部資料

交給她，共同擬定一份約三十個需寫人物的名單，很有信心地讓她去寫，並答應會付給她稿費。

結果，馮湘湘的第一本書——人物特寫集《香港影壇怪傑》在我社出版了，果然銷量不俗。記得當時是1984年，大陸改革開放初期，掀起一股香港熱。馮湘湘不知從哪裏搭的路，大陸江西一家出版社有興趣出版這本書，問我如何處理？我考慮到書是她寫的，版權應當歸予她，而我當初答應給她的稿費也不多，加上又是她自己搭的路，於是答應由她全權處理，出版社不沾所獲的利益。

《香港影壇怪傑》在大陸出版後，馮湘湘寫作上更加起勁，又獲文壇前輩張文達賞識，在他編的《新報》副刊和其它報刊上發表了不少文章。一日，馮湘湘說她想把我付給她的稿費連同其它稿費，自費在當代文藝出版社出版自己第一本詩文集，徵詢我的意見。我出於鼓勵新秀寫作的意願，一口答應，並為她起個雅致的書名《在水之湄》，將此書出版了。

不久，馮湘湘通過張文達先生的引薦，離開我的出版社到李文庸創辦的《城市周刊》任職（我則另聘郭先生補其缺）。此後數年，她在文壇非常活躍，廣結文字緣，又在報紙寫專欄，並在其它出版社出了好幾本書，成為香港知名作家。期間她有一本香港藝術發展局資助的散文集《人在香港》，則交由我的當代文藝出版社出版。

　　2002年初夏，大陸河南省作家張琳璋先生（左）來訪，與作者合影於出版社編輯部。

　　另一位是陳少華先生。1983年我主編《當代文藝》月刊時，有日收到一篇兩千多字的散文稿〈淤泥〉，覺得文字清新可喜，題旨自出機杼，很快就把它發表了。事後給他寄稿費時，我附了一封短束，說本刊很歡迎他這類抒情散文，希望繼續來稿。後來我才知悉他是來自潮州的新移民，事緣有日他從紅磡乘渡輪到港島，在北角碼頭報攤上見到《當代文藝》雜誌，於是購買了一本來讀，事後就投來稿件〈淤泥〉。從此，熱愛文學的他，在忙碌的工作謀生之餘，繼續寫作投稿發表作品。除了《當代文藝》，

他還在《星島日報》「星辰」副刊上發表散文。後來他將這些散文結集成他的第一本書《園邊小蕊》，於1989年在當代文藝出版社出版，我並為之寫了序言〈可喜的《園邊小蕊》〉。

從此，陳少華寫得很勤，兩年後又在我社出版第二本書《鄉情市聲》，漸漸在文壇冒起，作品受到不少文藝界人士的讚許。後來他去南美厄瓜多爾居住了幾年，期間我獲香港藝術發展局資助，第二度將《當代文藝》復刊出版。我繼續邀請陳少華惠稿助陣，他也源源寄來佳作。原來，他在異國非但沒有輟筆，反而寫得更勤，包括完成幾部長篇小說及不少詩詞，收穫甚豐。數年後他回流香港，這些作品相繼出版，無論質和量都更上一層樓，題材也擴大了很多。其中兩本散文集《筆掠南美》和《尋常旅途尋常心》在我社出版，內容豐富很有特色，頗獲好評。

陳少華文思奔湧，較諸一般香港作家多產，幾乎每年都有作品出版成書，為文壇所注目。近二十年來，他的職業也一直是從事撰文、編輯等文字工作，盡展所長。

上述兩位作家的成名過程，靠的是對文學的熱愛和長期不懈的努力。有謂「機會永遠都是留給有準備的人」，此言一點不假。我想，如果不是他們早就練好了文學的基本功，即使有機會給他們一顯身手也無從施展。有類人常常嗟嘆自己「懷才不遇」，問題在於你是否真正有才，另

方面則是你有否主動去爭取。我將上述兩位作家的際遇寫出來，希望能對某些人有所啟示。

十二、在我社多次出書的作家

檢視一下三十多年的出版歷程，要不是作家朋友們的鼎力支持，不斷提供作品，我的出版業務也不可能順暢開展。當我整理這份出書目錄時，驚異地發現到竟有多位作家連續在我社出書。這一方面反映了他們對我社的信任，另方面則說明了我社製作的書籍在質量上基本過關，否則，他們斷不會一而再、再而三地把書稿交托給我社出版成書。以下，我把在我社（奔馬出版社暨附屬當代文藝出版社）出版五種或五種以上書籍的作家及其書名開列如下，從中也可以大致窺見我社出書的種類——

一、王一桃，原為馬來西亞華僑，青年時期回廣州接受中學和大學教育，後在廣西一間師範學院任教，上世紀八十年代初來港定居。他熱愛文學，文思酣暢，在我社出書最多，共二十一種，包括詩歌、散文和文論，由此可見他寫作的勤奮和多產，以及題材的廣泛。現列出其中較具影響力的十種：1.《我心中的詩》、2.《王一桃熱帶詩鈔》、3.《王一桃詩與詩論》、4.《王一桃詩選》、5.《王一桃散文選》、6.《王一桃文論選》、7.《香港火鳳凰》、8.《香港，藝術之窗》、9.《香港，文藝之緣》、10.《香港文學與現實主義》……

二、柯振中，一生熱愛文學，堅持寫作。晚年將自己的作品予以修訂重編，在我社出書十種（以其創辦的營商公司「司諾機構」名義出版），包括長篇小說、散文集和詩集等類型，書名如下：1.《鶴飄記》（長篇小說）、2.《洗顏》、3.《柳菊行》（長篇小說）、4.《還墨賦》、5.《心念藥散》、6.《睡牛醒豬》、7.《老殘殘記》、8.《風的哲學》、9.《獨釣》、10.《南中國海》（詩集）等。

三、慕容羽軍，著名老作家和報人，一生寫作不輟，作品極多。他在我社出版了以下七種書籍，含小說、散文、人物評傳和詩詞：1.《詩僧蘇曼殊評傳》、2.《濃濃淡淡港灣情》、3.《長夏詩葉》)（新詩）、4.《瘦了，紅紅》（長篇小說）、5.《獵鬼夜譚》、6.《魔鬼諜眼》、7.《島上箋》（舊體詩詞集）。

四、何瑞麟，上世紀五十年代畢業於河南大學歷史系，歷經磨難，是一位學者型作家，文字嚴謹。六十歲退休後即埋首著述，幾乎把全部作品交由本社出版成以下六種書籍：1.《三城記》（長篇小說，分上、下兩冊）、2.《修蕪齋詩稿》（舊體詩詞集）、3.《唐詩律絕藝術》、4.《格律詩學要領》、5.《九龍寨城話古今》、6.《舊體詩立意與佈局研究》（此書與時任中文大學中文系副教授王晉光合著，何瑞麟執筆）。

五、曾敏卓，是一位草根型低調作家，勤於寫作，經常在大陸港台三地報刊及文藝刊物發表詩作及小說。他在

我社出版了下列六種書：1.《心雨》（詩集）、2.《思念是一條長長的河》（詩集）、3.《危險邊緣》（短篇小說集）、4.《她的秘密》、5.《前世情緣》、6.《燭光舞影》。

六、黃國彬，著名詩人、作家，大學教授，在我社出書時為香港中文大學翻譯系系主任。他在2004年至2015年間在我社出版了如下五種書籍：1.《秋分點》（詩集）、2.《第一頻道》（散文集）、3.《第二頻道》（散文集）、4.《蜜蜂的婚禮》（詩劇）、5.《神話邊境》（詩集）。

1985年，作者（左二）回到闊別十八年的故鄉，獲揭西縣文聯的熱情接待。右三為文聯主席劉天干。左一為時任《北山文藝》主編張志誠，他是作者中學六年的同窗學友。

限於篇幅，其他出版四種及四種以下的作家/作者名字和書名就恕不詳列了。

十三、與大陸家鄉文化界的合作

在我搞書籍出版三十二年的歷程中，適逢大陸改革開放，兩地交流日見密切。我本是在大陸家鄉（廣東省潮汕揭西縣城河婆鎮）出生長大，又在縣城的河婆中學接受六年教育，所以對家鄉有一份深厚感情自不在話下。我的出版社創辦不久，1985年我首次重回闊別十八年的故鄉，受到縣文聯的熱情接待，在招待我的宴席間亦重遇了當年

1986年，本書作者（右一）與《河婆風采》三位編著者（左起）：張志誠、蔡俊舉、劉瑤合攝於廣州一賓館。

中學同窗六年的張志誠兄，他也是從事文化工作，當時正任揭西縣《北山文藝》雜誌主編。

正是因了這次機緣，沒多久，志誠兄就把他與當時縣博物館館長蔡俊舉、文藝界人士劉瑤三人合編的家鄉風物誌《河婆風采》交託我社出版，經費由他們籌付。那時我的出版社才是初創階段，他們這一行動無疑給予我很大支持。《河婆風采》大32開，共544頁，書前還附有圖片彩頁，可謂圖文並茂，內容也紮實豐富，對宣揚家鄉的風物、人文具有很好的作用。至今我翻閱此書時，仍為當時（1986年12月）能將此書編印得版面清爽、難見錯漏而引以為榮為傲。該書初版印3000冊，蔡俊舉早就辦好批文，使這批書大部份可直接由香港運抵揭西縣城。家鄉是僑鄉，一些回鄉僑胞見到此書深感興趣，惟只能得到一本或完全無法得到。是以他們途經香港返回南洋各地時，有些人特到我社來尋找此書以帶往住地，可見其有一定的影響力。

《河婆風采》編輯排版期間，有一個插曲值得一提。那就是適逢廣州著名詩詞專家劉逸生教授和文化界名人張采庵先生等一行到揭西縣參觀訪問，劉教授得悉此書即將出版，乃即席揮毫題詩祝賀。在我求學年代，劉逸生當時任《羊城晚報》副總編輯時，我就讀過他的暢銷名著《唐詩小札》，非常喜愛，且曾在明報《自由談》寫了一篇推介文章。此時我很想出版他的此類著作，唯當時他的《宋

1986年，作者在廣州拜會了著名詩詞專家劉逸生教授（右）和詩人張采庵先生（左）。

詩小札》剛在香港中華書局出版，不知是否還有其它書稿？無論如何，機會難得，都要試一試，我便主動致電與他聯絡，後來還親自到他廣州府上拿取書稿。結果我社便有機會出版了他的《唐詩名篇詳解》一書，擴大了我社出版的書類。

由於這次成功出版了《河婆風采》，亦為後來家鄉文化界人士在我社出書開闢了通道。特別是蔡俊舉先生，先後在我社出版發行了《蔡俊舉詩文集》、《山鄉神槍手》、《潮汕百科辭典》（與薛汕聯合編著，全部精裝）等書。此

外，擅長書法的張猷慶，我社也斥資為他出版了《怎樣學楷書》，以及張志誠與他合編的《麥華三楷書帖》。

及至2014年，我的母校河婆中學籌劃出版大型校史（1930—2014），也委託我社編印並委任我出任副主編。主持出版這部校史的校友張漢青先生，當年曾任中南局第一書記陶鑄的秘書，《南方日報》副總編輯，廣州市政協主席等職；他也愛好寫作，出版有散文集《挑燈集》等書，是中國作家協會會員。承蒙他和時任校長張新喜等人對我的信任，將此重任交到我的身上。事實上，我對出版此書格外重視，不敢掉以輕心，戰戰兢兢，傾力以赴，力求做得最好。結果，這部大度16開、332頁全彩色精印的校史也順利問世了。

十四、如此糾紛讓人唏噓

其實，我的出版社經營三十多年來，說完全沒有跟作者發生過糾紛也並非事實，而現在要說的這一宗非常離奇，令我感慨萬端，且至今還留下一些後遺症。

話說作家程西平先生，是我的前輩，國學根柢不俗，尤其在中國歷史方面。他也愛好寫作，常在報刊發表文章。我的出版社成立不久，社址還在荃灣地鐵總站南豐中心。一日，他主動到我出版社來，交來一本書稿《愛情小語》要求出版。我早就聽聞其名，知道他前些年編有一套

香港中學歷史會考參考書，在某出版社出版，據說頗為暢銷。程先生主動說：他那套歷史會考參考書的合約即將屆滿，如果我社願意替他出版這本《愛情小語》，他就會重編他那套歷史會考參考書交給我社出版，一定會讓我社獲取豐厚利潤云云。我翻看了一下《愛情小語》，覺得寫得言簡意賅，頗富哲理意味，而且書名很有吸引力，表示願意出版。

後來，《愛情小語》在我社順利面世了，是袋裝書，程西平先生很滿意，銷量亦不俗。而他事後也依言把經修訂的歷史會考參考書交給我社出版（一套三冊）。惟銷量很一般，並沒有如程先生所說的那麼樂觀，但也沒有使我社虧本，大概由於當時香港的教育體制有所改變，選修中史的學生少了的緣故。不過，能出版這種會考參考書，對創立不久的我社來說，把出版的範圍擴大了，也在書業界影響力增大了，倒也起了一定的宣傳作用。從此之後，我與程先生成了好朋友，不時相約喝茶聊天。

程先生大我約十多歲，學識和文筆都很不錯，讓我欣賞，視為前輩。但他或是因懷才不遇，性格有點浮躁，牢騷大盛，喜歡批評甚至指斥他人。由於性格上的差異，我和他後來只能泛泛而交，談不上真正推心置腹。後來他又交了兩本書自費給我社出版，其一是短篇社會奇情小品《香江浮世繪》，另一本則是《近代名人奇聞逸事》。前者

銷量差強人意，後者是他在香港某大報發表的中國近代名人趣聞逸事，每篇六百至八百字，只寫該名人的某些片斷，並不完整，但注重趣味，頗有可讀性。他交給我的只是剪報文稿，我則為之找了很多相關人物的配圖，把它編得圖文並茂。此書印行2000本，2000年推出後雖非暢銷，但也算是比較好銷的一本書，在慢慢銷售，也按合約結過兩次帳給他。

　　一日，程先生突然來電對我說：他偶然在網上見到有人把這本《近代名人奇聞逸事》公開發售，並且把定價由

　　古遠清教授（左一）為中南財經大學「台港澳文學研究所」所長。1998年來港訪學和考察，與本書著者合影。

原來的50元提高至100元，質問我是怎麼一回事？我說此事我不知情，須去查一下，並請他告知我網址。但他沒有回應就憤然放下電話。

兩天後，我接到程先生的一封來信，指斥我未經他同意就把他的書再印行放到網上高價發售牟利，並罵我是「市儈」，聲言與我「絕交」云云。我大感錯愕，不知程先生憑什麼就一口咬定是我私自印行他的書發售，如此毫無理性、未經仔細調查了解就下一個中傷人的結論，怎麼會是一個文化人所為呢？

後來經過我的輾轉調查，終於查出是某網站主持人隨意把該書放到網上試售，惟也只銷了一本（即給程西平先生買去的那本），他並為此引起我與作者產生誤會糾紛致歉。我把此事告訴程先生，但他完全不理會，堅持認定是我社盜印他的書謀利，聲稱要追究到底，並限定我社必須在十天內退回他的所有存書，把帳結清楚再說。大概他想從退書中查看是否有重印的版本痕跡（如是重印版本，封面顏色等或會有差異），然後指控我，令我身敗名裂。

但當時《近代名人奇聞逸事》的存書有的是在我社貨倉裏，我隨時退回給他完全沒有問題；其它的已交給利通圖書公司發行，相信大部份已發到書店，並非說退就可在十天八天內退清，這部份我完全無法控制。於是我再把這種情形向程先生說明，希望他諒解，說存書只能慢慢退；

並表示我可以把未結數的所有存書先給他開一張現金支票，日後書退清了才結總帳，多還少補。但他始終不允，繼續吵鬧，間隔十天八天就給我來一封信，出言不遜。他為何要這樣呢？我又沒有開罪過他，真讓我百思不得其解，心情非常焦躁煩惱。

這樣一直擾嚷了近三個月，存書分好幾次退回給他後才基本退清，也經一位雙方都認識的朋友姚小姐居中調解，事件才漸漸寢息。但程先生始終沒有就此事向我道歉，我們間多年的朋友關係也只好劃上了句號。此事的發生令我非常遺憾，深感一個寫起文章來頭頭是道的文化人，卻在生活實際上竟會如此毫無理性、信口雌黃，輕易就把一段維繫多年的友情踐踏掉，多麼可笑和可惜！

我受此事困擾多時，那段日子因常焦慮、失眠而患上輕度抑鬱症，至今仍未完全痊癒。不過，程先生已經去世，我認為他當日的反常行為或可能有其它原因。我後來想起事發前半年多，有兩件事我違逆了他的心意：一是他多次拉我也參加某個作家組織，但我不想參加，始終婉拒，他很不高興；另一是他希望我能以低廉代價接編一本有四、五十年歷史的雜誌《春秋》（程先生是該雜誌的長期作者，而該雜誌創辦人兼主編逝世後由其遺孀接手數年，惟她亦已老邁）。但我也已六、七十歲，深知編雜誌是一件十分煩人的事，不想太忙太煩而沒有應允。但這兩

項都不是我的過錯，朋友歸朋友，怎能強人所難呢！

　　無論如何，事情已過，今天我已對程先生全無恨意，只是偶而想起，會唏噓嘆息一聲而已。我本來不應在此再提起這件糾紛，但想到或許有人當時聽了程先生一面之辭而誤信真有其事，那我在這裡作鄭重澄清就不無必要了。

十五、兩項副收穫

　　其實，我搞出版還有兩項副收穫：一是學會了打太極拳，另一是學懂了拉二胡，這兩項玩藝對我的身心健康和精神愉快都帶來莫大裨益。

　　說來，我學打太極拳並非出於興趣和自覺，而是逼出來的。那時自己創業搞出版壓力很大，很多工作須親力親為，又怕出版社執笠（倒閉），在忙碌拼搏中，不知不覺間血壓升至危險的程度仍不自知。直至有次差點昏倒街頭，進醫院躺了三天，經詳細檢查，才知自己除了須按時吃藥外，平時還應採取一些養生保健措施，才能降低和穩定血壓。後來聽從一位摯友的建議，我才去學打太極拳，從此跟它結下不解之緣。

　　我去學太極拳時年近五十歲，那時出版社的業務已基本上了軌道。由於是獨資經營，自己可以安排時間，有條件去做自己想做的事情。於是每天早上按時到社區跟一班晨運友一道練太極拳一個多小時，吃過早餐後十點才上

班，傍晚則推延至六點半才下班，這樣工作和健身都得到了兼顧。太極拳打了一年半載後，血壓穩定下來；再過兩年多，連我的慢性鼻竇炎也不藥而癒了。從此我知道了打太極拳的好處，每天早上打一個小時太極拳（另外還有太極劍和太極功夫扇），這成了我必不可缺的功課，至退休後對它的好處體會更深，興趣更濃。

至於學二胡，倒是出於自己的興趣。那時我已踏入六十花甲，手指都有些僵硬了，對二胡這種樂器來說，應該較難入門。但此時有幸遇到二胡師傅吳國光老師（當時是香港中樂團的二胡手），他說這不是主要問題，關鍵是你有沒有時間練。我拜他為師後，鑒於出版社位於工廠大

著者（右）與友儕在公園拉二胡。

廈，不怕嘈擾他人，於是我將一把二胡放置於出版社裡。每個星期天下午跟吳老師上了一堂課後，就回到出版社練；而上班時每天中午吃罷飯午息期間，再在出版社練習約一個小時。日子有功，結果總算能拉一些曲目自娛了。

打太極和拉二胡對我的退休生活有很大的助益，也即是說，這兩種恩物給我帶來了身心健康和精神愉快。有了這兩種玩藝，覺得日子過得更充實，更有益，又可以多結交朋友，擴大社交圈子，這可是金錢都買不到的。坦白說，要不是自己創業搞出版有很大的自由度，這兩大恩物我根本難於沾邊，所以我說這是兩項很可貴的副收穫。

寫於 2022 年春疫情肆虐時

第
二
輯

人間有情

濟襄橋

　　有人活動的地方就有路，路不斷延伸，穿越溝壑河川，於是出現了各式各樣的橋。有了橋，路就可以四通八達，無遠弗屆，連天塹也可變通途了。

　　我曾經見過宏偉壯觀的超級大橋，為之浩嘆不迭；也觀賞過某些設計奇巧的名橋或古橋，大感驚異好奇；但在感情上，它們始終無法取代家鄉「濟襄橋」在我心目中的地位。因為我生長的村子就離該橋不到二里遠，而我就讀六年的中學也在此橋附近的象山之麓，童年和青少年時期的足跡，不知在橋上印撫了多少次；那時的一些生活片段和情景，深深地嵌進我的記憶裡，偶爾翻出來品味咀嚼，總覺得那麼甘美，那麼富於詩味。

　　家鄉位於潮汕西北部的揭西縣城河婆鎮，濟襄橋橫跨鎮旁之榕江河岸，是家鄉民眾赴墟趕集的重要通道，也是當地第一座較具規模，較有現代感，完全用鋼筋水泥建構的「洋橋」。1932年落成啟用以來，一直是河婆地區的著名地標。

　　早在我尚未懂事的童稚時期，就開始與濟襄橋結緣

了。時至今日，年逾九旬遐齡的母親仍不時娓娓提起我那時與此橋的一些趣事：由於我是黃家第一個男孫，深得幾代單傳的祖父疼惜。我剛學會走路，他就常常半抱半拖地帶我去赴墟趕集。濟襄橋是臨到墟市前的必經之路，一來到橋上，因行人較多，祖父怕我走失，總是抱著或緊牽著我的小手；我則一力要摔脫他，以求自己走，祖父不讓時，我則大哭大鬧。祖父執拗不過，只好放下我，緊跟在我後面。大概由於這平坦的水泥橋面走起來特別舒坦安全，而鄉間根本就沒有這樣的路子可走，所以我走得特別神氣，而且越走越快。年逾六旬又有哮喘病的祖父在後緊追，緊張得要命。及至追到橋盡頭我放慢腳步時，他老人

　　1932年落成啟用的「濟襄橋」，是家鄉地區第一座以水泥建構的、較具規模的「洋橋」。　　　　（劉谷子攝）

家早已氣喘吁吁，滿額大汗了。

　　及至逛完街回程時，祖父知道我的牛脾性，一到橋頭就先放下我，讓我自己走，並好整以暇地準備再次展開一場爺孫追逐戰。但奇怪的是，我卻站著不肯走了，而是回過身來直愣愣地望著右邊橋側方向，並以小手食指指著自己的嘴巴。祖父不明究竟，再三詢問兼揣摸。原來橋頭左側有一家賣牛肉丸湯河（家鄉人稱作「粄湯」）的小店，正飄來一陣陣香氣。祖父終於摸清我嘴饞想吃那東西，便帶我走進店裡。

　　這店子雖然有些簡陋，卻很有特色：緊挨橋頭臨河而建，有部份店面以厚木板懸空延伸至近兩丈高的河面上，憑木地板的罅隙可俯瞰下面翻滾的河水、小碼頭和泊在那裏的木帆船；臨窗也可見到濟襄橋側面高高的通格橋欄。記得這家食店的老板被人稱為「賣粄範」，無論粄湯（湯河）或炒粄（炒河）都調得一手好味道，故而一直生意滔滔。我痛痛快快地吃下一碗牛肉丸粄湯，連湯也不剩，然後才肯讓祖父牽著我的小手，連蹦帶跳地走過濟襄橋回家去。

　　此後，我每一次過橋赴墟，都例必要吃這小店的湯河或炒河而後快，直到我二十五歲離開家鄉為止。也不知是否受了這影響，此後我在香港四十多年一直偏愛吃河粉，特別是牛肉丸湯河。但我總以尋不回當年的風味引為憾事，也因此更加深了我對濟襄橋的眷念。事隔十八年，

1985年我首次重回故鄉，急欲一睹濟襄橋的現貌及品嚐
「賣叛範」的美食，但見大橋依然坦蕩兀立，遠山隱隱，
河水悠悠，站在橋上輕撫蒼澀的橋欄徘徊良久，唏噓激動
之餘，心底油然湧上一股「近鄉情怯」的遊子情，禁不住
淚承於睫。及至走到橋的那一頭，發覺該小店已不復存在
了，世事滄桑，物換星移，末免悵然若失。

　　事後，我深深感到對遊子來說，濟襄橋是一座極易勾
人動情動容的橋，因它深蘊著家鄉情、遊子情、親友情
……。家鄉是個僑鄉，多少在這座橋上留過足跡而遠走它
鄉的人，特別是當年曾在橋下小碼頭淚別親友、登上木帆

　　多少年來，無數家鄉民眾只能小心翼翼走過這樣的木
橋赴墟趕集。

（劉漢波攝）

船啟程放洋海外的華僑，無論他們走到世界何處何方，無論經過了多少個春秋寒暑，也無論境遇是貧富貴賤，總會把那份懷戀家鄉之情牽繫在這條橋上，以致一旦有機會重踏故土，必忘不了特地前來瞻望這座曾令他魂牽夢繞的有情橋，站在橋上為人生的境遇唏噓嘆息，感慨萬端，久久不肯離去。是呵，濟襄橋，它承載了多少家鄉遊子的鄉愁啊！

就是這座濟襄橋，屹立於歲月風雨八十餘年，歷經時代的變遷，抵受過日本軍機的炸彈（1941年夏，此橋橋面曾遭日機一枚炸彈炸中，留下一個大彈坑，但大橋結構無損，事後彈坑以水泥填平），也遭逢過多次特大山洪的衝擊，默默地為途人過河赴墟帶來安穩便捷的服務。2009年清明節我回鄉掃墓，正擬再次踏過此橋到鎮上探訪朋友時，卻驚見此橋因已傾側而封閉，不禁愕然良久。

原來，去年夏季（2008年7月8日）一場特大山洪暴發時，它嚴重受創，橋身傾陷，變成危橋。縣政府在鎮那邊橋頭豎立一碑，碑文言及當年此橋興建的緣起：建橋資金完全得自家鄉墟鎮旁溪角村張姓族人將其先祖濟襄公（1780--1841）所設的「公償」。據濟襄公後裔、學友張志誠君透露：濟襄公宅心仁厚，勤勞儉樸，生前先在溪角村種菜養豬，一點一滴積攢得一筆錢後，便到附近的河婆墟做小生意而逐步起家。他去世時留下部份田產和店舖，指明將租金收入用於公益事業，此即「濟襄公償」，造福

社會大矣！以往我無從追問此橋當年如何建起，讀了碑文後，對濟襄公既「濟」又「襄」的仁心善行，深為感動，肅然起敬，又為此橋不知能否重生而感悵惘茫然。

然而，令我大感驚喜的是：事隔兩年，去年（2011年）重陽節我再度回鄉掃墓，但見重建落成的新「濟襄橋」又在原地巍然屹立起來了，橋頭且增建一「濟襄亭」供途人憩息，還重修了由家鄉二十八個姓氏鄉親捐資的橋西路，堪稱設施完善配套，我不禁連聲歡呼起來。原來此橋傾陷後，濟襄公後裔當仁不讓，決計重建此橋，主動承擔建橋築亭的全部資金，族人踴躍捐款。建橋期間雖多曲折，但經耐心協調，凝聚共識，合力以赴，終成盛事。新橋既基本保留了原橋風貌，又將原橋二墩三孔擴為四墩五孔，使橋更形美觀穩固；闊度則增加了約三分之一，可供兩架私家車並行，寬坦多了，當可更適應今日時代和經濟發展的需要。無怪乎，去秋八月初七舉行新橋竣工慶典時，盛況空前，鄉民歡呼雀躍，為山城增添又一新景而喝彩稱快。

特別令我感興趣的是：新橋除保留原橋當年曾任國府監察院長的著名書法家于右任書題的橋名「濟襄橋」三字，還新增了前中央軍委副主席遲浩田為橋頭亭子題寫的「濟襄亭」；連同保留原橋東西兩邊橋頭分由當時社會名人鄭洪元（前上海暨南大學校長）和鐵禪和尚（廣東佛山祖廟近代名僧）題寫的對聯，以及橋欄外緣的獅象浮雕工

新「濟襄橋」於2010年落成啟用，不但更為寬坦壯觀，可供兩輛私家車並行，也基本保留了原橋風貌。

（黃少華攝）

藝，更凸顯了橋的美感和濃郁的人文氣息。

見到重建落成的新濟襄橋，可喜可賀之餘，我有兩點感想不辭贅筆一吐芻蕘之見：

首先，我認為樂善好施，熱心公益，造福社會的精神值得提倡和發揚光大。如上文所述，當年「濟襄橋」的建橋資金乃來自「濟襄公償」，而此次重建則是其後裔慷慨捐輸。想起今日我們國家和家鄉地區，在改革開放的大潮下，造就了不少大小富翁；如果有更多富人能抱「發財立品，回饋社會」之志，把部份財富捐贈出來，用以發展公

益事業，或濟助身處困境之人，相信我們的家鄉和整個社會，一定會更加和諧可愛。

其次，我們還須重視建構心靈之橋——人際溝通之橋，亦即「人橋」。我國著名橋樑專家、教育家茅以升（1896—1989）曾說過這樣一段話：「橋，確實是個好東西。為了與人方便，它不但在地上通連道路，而且從各方面彌補缺陷，化理想為現實。我們有各種廣義的橋：船是過渡的橋，火箭是上天的橋，商業是工農業之間的橋。……」（茅以升〈橋話——喜看天塹變通途〉，原載《人民文學》1962年12月號）他在這裡特別提到「廣義的橋」，讓我聯想到人際之間也需要橋——心靈溝通之橋。事實上，在今日資訊空前發達，人際交往愈益頻繁，全球經濟一體化的境況下，人與人之間，各種行業之間，海峽兩岸之間，以至國與國之間，都需要建構這種心靈溝通之橋。透過多些對話、瞭解、互信，才能化解猜疑、誤會、仇怨甚至爭端，才可讓我們居住的世界（地球村）趨於祥瑞安寧，和諧共榮，達致雙贏甚至多贏的互惠互利局面。如能這樣，則是人類之福了。

2020年3月修訂

——原載香港《城市文藝》2017年6月號。後被《濟襄橋》專刊用作「序文二」，題目易為《既「濟」且「襄」有情橋》。

路是這樣走過來的

「敢問路在何方？路在腳下！」這是當年中央電視台電視劇《西遊記》主題曲中的一句歌詞，常常不經意迴旋在我的耳畔；歌詞裏面還有「踏平坎坷成大道，鬥罷艱險又出發⋯⋯一番番春秋冬夏，一場場酸甜苦辣」。我非常喜歡這首歌，除了自己不時吟唱外，也愛以二胡拉奏，因為它自信豪邁，充滿了勵志激情，吟唱中似乎給自己增添了不少勇氣和力量。

2014 年 2 月 28 日下午四時許，我獨自置身於沙田工業區一個空蕩蕩的廠房單位裏，望著窗外的遠山碧樹，情不自禁地再次唱起這首歌來。這回可不是吟唱，而是引吭高歌，甚至配以手舞足蹈。為什麼會這樣亢奮失態？因為再過一個小時，這個廠房就要交給別人了，再也不是我名下一家出版社的社址了！我在這裏工作了二十六個年頭，出版過近四百種書籍、四種雜誌和難以統計的其他出版物，期間付出的心血和經歷的酸甜苦辣，令我感慨萬千和依依不捨之餘，萌生了如釋重負的輕鬆感，情不自禁衝口

自語道：「路終於走過來了！」

　　是的，搞出版是我的志趣所繫，無論面對什麼艱辛困難我都甘之如飴，毫無怨言。這次出版社作了一次大清倉的搬遷行動，把積存在倉裡近百包書或安排作者取回，或送給慈善機構作義賣，這是經過了一番深思熟慮才痛下決心的行動；一來因為近年香港的書籍市道越來越差，二來由於自己的年歲早就超越了應該退休的年齡，面對今日出版的書籍（特別是文學書籍）在發行上阻力重重，我也就不能不另作部署了。換言之，把原本較大的社址騰空出來租給別人，另租一個較小的地方繼續經營，這樣似乎較符經濟效益。不過，說得坦白點，這樣做其實是順應形勢發展的業務收縮，不可能再有什麼大作為，算作維其餘緒罷了。有位朋友笑著問我：「你這樣做到底是『負隅頑抗』呢，還是『戀棧不退』？」我想了一下答說：「兩者都是，或者兩者都不是。我只能說，路終於走過來了！」

　　這條路是怎麼走過來的？未回答這個問題，我先有一種絕處逢生的慶幸感覺，一幕幕歷程也就油然浮上腦際……

　　決定成立出版社是在1983年9月間，那時的香港真有點「兵荒馬亂」的味兒。我清楚記得我去簽租約的時間是9月24日，一個被迷信的人視為很不吉祥的日子。確然，這天是香港的「黑色星期五」：中英就香港前途進行第二

階段第四輪會談結束後的一天，港元匯價跌破九算，許多市民湧到銀行購買美元，或到超級市場搶購大米、花生油等食品，貨架被掃一空，造成了所謂的「九月風暴」。為什麼我會選擇在這個特殊的日子去簽租約，難道是要對香港前途投以信心的一票？這倒不是，只因那時香港地產市道低迷，家居附近剛落成的荃灣地鐵總站南豐中心，有業主以免租三個月作招徠。機會難得，我就決定租一個單位來作創業搞出版社的社址，於是趕去簽約了。

那年頭，香港的出版業尚有可為，開業後出版的第一批三種書銷得不錯。有天下午發行商來電說石人的《偶然集》已賣完了，要我盡快再送四包（每包60本）去。那家發行公司在港島北角，由荃灣到北角路途不算短，還要過海，叫車只送四包書又不划算。我精打細算之下，乾脆就將四包書紮成兩捆，兩手一提就鑽進地鐵站。雖說兩捆書可放在車廂裡，但要轉幾趟車加上上落進出，四包書大概也有四十公斤左右，提起來確不輕鬆，惟那時正值四十歲的盛年，有的是氣力和衝勁，全不當它一回事。今日想來，不免有種「好漢莫提當年勇」的感慨，因為就在最近這兩個月來出版社大清倉中，我發覺年屆七旬的自己，僅僅一包約莫十公斤多一點的書，自己兩手搬起來都覺得頗為吃力，真是歲月不饒人啊！

三十多年的出版歲月，艱苦備嘗，好在有廣東話裏的

一句口頭禪：「托賴！」使我得以越過急流險灘，不致擱淺或覆舟。這可不是我自己有什麼本事，端賴文化界的師長和朋友的信任、支持和幫助，不斷有人將他們的書稿交給我出版，有的甚至一而再，再而三⋯⋯加上也算有點小運氣或曰小機會吧。就說前面提到的火炭工業區廠房社址，要不是1987年已故名作家徐速先生的遺孀張慧貞女士好意安排出讓給我，我的出版事業恐怕就無法進行得那麼平穩順利。這是一個很關鍵的所在。記得當時張女士曾對我說過一句她的祖訓：「無恒產就無恒心，無恒心就無所成。」這確是一句至理之言。因為社址既是自己的，就有歸屬感，也就能安心致志從事自己的事業，不致因須搬遷或加租而加重心理壓力，弄得心緒不寧，影響業務。試想，當初要是沒有將這個社址購置下來，這二十六七年來，單是租金一項的支出，恐怕就會把我這個財力薄弱的小出版社壓垮了。

徐速先生是我的恩師，在我還是文藝青年的時代，就給了我很多指導、鼓勵和提攜，想不到她的遺孀也在我的出版事業上予以關切和扶助，真是我人生上難得遇到的良師益友，讓我一直滿懷感恩。也許因為如此，外間不少人誤以為是張女士將當年徐速創辦的出版社交給我接辦，甚至還有位已故前輩作家在文章中誤寫是我買下他們的出版社來搞出版的。其實不然，我創辦的出版社叫「奔馬出版

社」，後來又加了個附屬「當代文藝出版社」；徐速先生早
在上世紀六十年代經營的叫「高原出版社」和《當代文
藝》月刊。大概由於我在他逝世兩年多後曾經復刊《當代文
藝》月刊（出任主編），後來又搞了個附屬的「當代文
藝出版社」，才會造成這種誤會誤傳，在此順便予以澄清。
不過，無論如何，我本人倒很樂意被看作是徐速先生的傳
人，因為無論在文學成就上或對文學青年的扶植等方面，
徐速先生都值得我這個後輩心儀和思齊，能與他的名字沾
邊已是與有榮焉。

　　說起這個廠房社址，有一個小插曲，不妨借此一說。
話說大陸改革開放搞得熱火朝天的九十年代中期，深圳、
淡水一帶房地產發展蓬勃，樓價相對香港來說便宜得多，
很多香港人都湧去購買，自住或炒賣的都有。有一個老家
在惠陽淡水的朋友，說他家鄉村前有一塊位置很好的地
皮，可建兩幢數層高的樓房，業主正等錢用，願意降價求
售。他認為機會難得，慫恿我不妨把出版社所在的廠房賣
掉，將資金與他合資合作發展這個項目；還說日後兩幢樓
房建成後，可以分隔成數十個小房間，租給前來當地打工
的民工居住，單是租金收益就很可觀。他是我相交多年的
好友，應該不會存心騙我或害我，經他說了幾次，我當時
的確有些心動，想起搞出版社費盡心血只能賺得繩頭小
利，何不實行「窮則變，變則通」，以求突破？後來突然

記起張女士說的那句話：「無恆產就無恆心，無恆心就無所成」，我立即意識到當初張女士把這個廠房以低於市價的價錢賣給我，主要原因是支持我搞出版，我怎能改變初衷辜負她的期許？想到這一點，我也就不敢作旁騖之想了。事隔差不多二十年，今日回頭來檢討這件事，我慶幸自己沒有利令智昏中斷自己喜愛的事業。可不是？即使我那位朋友提出的計劃真的讓我們順利成功了，那也只不過多賺了幾個錢而已，換來的卻是自己事業「中途而廢，一無所成」的結局，斷不能補償得了我今日心靈上的快樂和滿足，且一定會為此抱憾終生！

三十年辛苦不尋常，我絕不敢在此奢言成功，只能說路終於走過來了！未來兩年會當作「過渡期」，以便將一些合約（敝社慣例新書出版後最少會代理發行兩年）予以完成，然後就正式退休了。一向忙慣了，到時該如何打發較為閑暇的時日呢？書籍、二胡、太極拳……能夠填補得了嗎？其實，最重要的還是要有「健康」兩字，清茶淡飯可養生，其它的就別無所求了。

2014 年 4 月 18 日

（原載羅琅主編《鑪峰文集·2013》,2015 年 3 月初版）

回到起點

　　去年（2014）初夏匆匆搬家，從大埔搬往新界西北角靠近后海灣（又稱深圳灣）的天水圍新市鎮，兩地一東一西，足足距離一個多小時車程，難怪有些親友慨嘆說搬得太遠了！的確，搬得很遠，也來得太突然，僅一天時間就作了這一決定，連我自己也覺得有點玄妙。

　　事情得從幼女打算買樓說起。她的個性較為獨立，以教鋼琴為職業，除了在一家芭蕾舞學校固定伴奏外，也需到各處上門施教；為了工作方便，四年前她就在九龍市區租了一層小樓居住。香港樓房租金不菲人所共知，何況近年樓價節節上升之下，租金亦水漲船高，小女不堪業主一再加租，遂動了買樓之念。父母當然大表贊同，不過，雖然她信心十足說自己有能力供一層樓，但鑑於她的收入並不算很穩定，我們也告誡她只能構買新界地區的二手樓，加上裝修，即使小單位大概也要兩三百萬。

　　於是，去年農曆春節一過，她就開始看樓了。先是從大埔我們家居附近的屋苑開始，她母親也一直陪伴在側，

給她提供意見。結果，左挑右揀，一直揀到粉嶺火車站附近，終於看中一個實用面積四百多呎的高層單位，業主開價接近三百五十萬。這下子，她母親遲疑了！雖然幼女一再說她可以供得起，但母親卻認為負擔太重，深怕一旦供不起會拖累了父母，難道眼巴巴看著她那層樓被銀行收去拍賣不成？惟父母的能力又著實有限，且又瀕臨退休，到時如何挽得了狂瀾？於是建議她如果執意要買下這層樓，就與父母在此樓一齊同住，父母可把現在的住所賣掉，以償還一部分樓價，這樣不但可以減輕她的供樓負擔，而且今後的日子，大家在沒有供樓壓力下，心情也會輕鬆愉快些。但她執意不允，說要在廳中擺一架三角琴收生教琴，大家同住不太方便云云。

　　這下子，做母親的不由有股氣湧上心頭，覺得這個女兒似乎自私一點了！當晚左思右想之下，突然記起昨天粉嶺那位女地產經紀曾這樣說：「目前香港只有天水圍的樓價還沒漲得那麼厲害，嘉湖山莊比起大埔、粉嶺來，樓價頂多也只是七八成，我的一位親戚早幾天才去買了一層，我看很不錯呢……」於是，第二天她就獨自揹上背囊，根據手機按圖索驥，直奔她從未到過的天水圍去了……

　　當晚回來後她對我說：「天水圍的居住環境很不錯呀，十多年的私家樓，比我們這裡便宜不少。我很喜觀『龍園』那一帶的景色。明天是星期六，我就陪你去看看吧，

當作旅行一天好了。」

　位於新界西北隅的天水圍，是近二十多年才發展起來的新市鎮。但十多年前它的「名聲」有點不好，被喻為「悲情城市」，電影和傳媒都曾報道和渲染一番，甚至我自己在一篇寫及天水圍的文字中也這樣人云亦云。所以當妻子說翌日要帶我去那裡參觀，我雖然沒有拒絕，但內心不無躊躇。因為她此行的終極目的昨晚已透露過了：如果資金可以籌劃得來的話，不妨在那裡買一層樓讓我倆自住養老，原來的大埔舊居就給幼女自己去裝修居住好了，她如果有「父母心」的，就由她幫補我們一部分樓價……。這個安排倒是很有建設性，因為雖然我們限於能力，一直沒有換樓的打算，但舊居已住了二十八年，除入伙時作過一次大裝修外，一直沒有動過，惟歲月早已把它侵蝕得斑剝處處，連地板有些磁磚也微微鬆動或翹起來了；兩年來我們也知道房子裝修刻不容緩，但苦於屋內的東西太多，不知搬到哪裡才好，結果一拖再拖，一籌莫展……

　第二天，我們在上水乘搭去天水圍嘉湖山莊的專巴，第一站就到了「龍園」下車，舉目一望，咦！眼前的庭園林木，四週一幢幢高矗的樓宇，這個景觀似曾相識呀？哦！我記起來了，二年前曾經來過，那時替中文大學黃教授出版一本書，我送書到他這裡的家居來。只因當時乘搭的是一輛租用的小型客貨車，只准在屋苑停車半小時，來

去匆匆，但一瞥之下已覺得此處空間廣闊，寧靜雅潔，確是居住的好地方，只是不知道它位處偌大的天水圍何個方位，所以一直印象不深。現在重現眼前，還不待妻子開口，我已先建議到銀座商場找地產公司看看去。

這天是2014年3月3日，果然這裡的樓價只及大埔的七、八成。連續看了好幾個賣盤，傍晚時分終於在嘉湖山莊一個屋苑購下高層一個兩房一廳的單位，比我們大埔居所略大，也夠夫婦倆居住了。妻子隨即致電告訴幼女這一消息，並謂已決定將大埔舊居給她自己去裝修居住。她高興極了，當即說會「幫補」我們一部分樓價，並每月會「孝敬」多一點錢給父母作家用。我們聽了自然老懷大慰，想不到這一無意間的安排，卻有個各得其所、皆大歡喜的結果。

不過，當晚回到大埔後，我卻對今日這個突然的搬家決定有點心情凝重，徹夜失眠。舊居誠然已顯殘舊，但它讓我度過了人生最重要的一段時期，尤其在這段日子裏，還讓我建立起小小的事業和略有收穫；另外，這裡還有一班相處多年的晨運友和二胡友，他們帶給我何其可貴的情誼和豐盛的人生啊！還有，住所附近海濱公園誘人的花草樹木，吐露港、林村河的优美景致，這一切都那麼讓我懷戀不已，難以割捨……

兩個多月後，我們天水圍的新居入伙了。當我站在三十樓客廳的大窗前眺望眼前開闊的景觀時，突然有一個驚

異的發現：近前，是香港濕地公園的一部分，一片翠綠的
草樹中鑲嵌著一塊塊池塘，像一面面明鏡在陽光下閃閃生
光；稍遠一點，是一列蒼綠的小矮山，東北一端隆起的小
山丘就是著名的尖鼻咀，矮山前一列白色的村屋是輞井圍
和輞井村。再遠處，矮山後面那片渺渺煙水，就是深圳灣
（香港稱后海灣）了，海灣北面隱約可見深圳的高樓大廈
和那起伏的遠山。這個方位突然使我精神一慄，再仔細望
去，呀！那可不是當年（1967）初冬的一個深夜，我和另
外三個同伴冒險游水過來的后海灣登岸之處嗎？登岸後的
第二天，前來接我的舅父，帶我在這裏的流浮山巴士站出
發，經元朗轉車往荃灣，此後就在荃灣一住二十年，再在
大埔住了二十八年，人生彷彿兜了一個大圈，現在又來到
與流浮山只隔兩里之遙的天水圍新市鎮。啊，是了，經過
差不多半個世紀的蹉跎，現在帶著歲月滄桑和滿頭白髮，
回到了當日登上港境的起步點，心中不禁驚喜參半，思潮
起伏……

　　現在，剛好在天水圍居住了一年，經歷了四季的變
化，對這裡的生活環境也大致上熟悉和習慣，並特地去過
我們當年登岸的海邊憑弔一番。當時正值漲潮和大風，海
面波濤起伏，我望著茫茫大海，不禁暗問自已當年深夜泅
渡此海的勇氣從何而來？又為當時差點沒頂而心有餘悸。

　　哦，香港的變化真是太大了！昔日這一帶阡陌縱橫，

魚塘四佈的景象，已為新市鎮的高樓大廈所取代。雖然，天水圍新市鎮誕生初期因交通不便，配套不足和找工作不易等因素，造成了一些負面影響甚至家庭悲劇，但隨著大欖隧道打通，讓巴士可以通過青馬大橋直達九龍和港島，加上連接東鐵的西鐵線亦早已通車，各項設施日趨完善，這個現在有三十多萬市民居住的區域，我覺得跟香港其它地方並沒有什麼太大的不同。

記得搬到天水圍約半年後，有天傍晚下班，乘坐的專巴行經天水圍運動場旁邊的一處紅燈前停下，這時我不自覺地望向左邊的運動場，但見很多人，有男有女，或老或少，成群結隊地沿著偌大運動場橢圓形的跑道，或緩跑，或急步，或散步，大家都朝同一個方向前進，形成一道壯觀的人流在緩緩地旋轉，彷彿是一股生命的強勁韻律在旋動。這種景象一下子吸引了我，以後天天下班途經這裏時，只要天氣放晴，我都喜歡注目這一景觀，因為它呈顯了生氣勃勃的生活氣息，讓我有一股衝動，也想加入去成為人流中的一分子。

是的，「此心安處是吾家」，無論住在荃灣、大埔或是天水圍，只要我們選上它並主動融入社區去，這裏就是我們安身立命的家園。

寫於 2015 年 7 月 10 日

——原載《香港文學》2015 年 9 月號

情繫母校

辛卯年正月初五（2011年2月7日）上午，天朗氣清，春風和暢，家鄉（廣東揭西縣城河婆鎮）張燈結綵，春聯耀目，仍瀰漫著濃郁的春節喜慶氣氛。我們一群河婆中學第十七屆高三（3）班（1963年夏畢業）近三十位同學，來自四面八方，懷著闊別近半個世紀首度重逢的激動心情，共聚於縣城榕江之濱的「財豐酒家」貴賓室，筵開三席，歡悅笑聲，真摯問候，話舊抒懷，傾心交流⋯⋯凝滙了一個永遠值得留念的場景。面對當時熱烈坦誠的氣氛，我暗自發問：是什麼機緣使我們能有這個珍貴的相聚時刻？腦際立時湧出一個答案：情繫河中。

是的，中學六年是我們充滿夢想的青少年時期，也是身體和心智成長的重要階段。我們青春勃發，純真好奇，對老師、同學和校園發生的一切，都容易銘記於心，影響終生。所以，無論我們離開校園多久，也無論身處何方，母校河婆中學的情景不時都會出現在我們的夢境裏，闖進我們的記憶中，讓我們細細回味低徊，眷戀懷念。

　　當日下午二時許，我們急不及待結隊去看望河中。一抵達母校，即受到校方的熱情接待，特給我們安排了一個座談會，讓大家對母校的現況和發展有更多瞭解。隨後參觀校園，今日的河中，已躍身為省一級學府，國家示範性高級中學，學生多達五千人，單是學生宿舍就有三千多個宿位，跟我們當年在校時高、初中合共只近二千學生，增加了 1.5 倍，而且全是高中生，真是不可同日而語！校舍也在僑商捐資下太部分重建，煥然一新，宏偉壯觀。見此情景，我在驚嘆振奮之中，內心不由升起了一股自豪感。

　　回首 1957 年夏，我榮幸地被當時位於馬頭村的西聯小學甄選為唯一的一位保送生，不必參加入學考試就可以升讀河婆中學（當時家鄉各區的小學均各選送一人）。我雖不必考試，仍興致勃勃地跟隨赴考的畢業班同學一起去到河中試場，目的是先要看看自己嚮往的中學到底是什麼樣子。同學們進試場考試期間，我悄悄地到校園各處瀏覽，也登上校區後面象山頂上那座烈士紀念亭放眼四望：西南面的山坡上，是林木掩映中的校舍和宿舍，山下有偌大的運動場；北面山腳下則是銀光閃閃的榕江蜿蜒流過，河堤上的翠竹仿似綠色的緞帶向遠方延伸……啊！多麼美麗的校園，它誘使我不知不覺間發起了一場七彩的少年夢。

　　入學了，我被編入初中一年級七個班裏一個很特殊的

班級——「紅領巾班」，那是全級平均年齡最小的一班；
而且課室也很特別，是用竹篷在原擬建「炳南堂」的一處
空地臨時搭建起來的，原因是該年招生較多，校舍不敷應
用。記得舉行開學典禮時，蔡紀陸校長在全校師生面前還
特別表揚了我們這個班，說「紅領巾班」的同學好樣的，
平均年齡最小，活潑可愛，學校安排他們在臨時課室上課
也毫無怨言。坐在我旁邊的一位同學立即扮個鬼臉笑說：
「瞧！校長在『沙』（家鄉方言，意謂以另一種語氣作激
勵）我們。」不過，在這種課室上課為時甚短，不久我們
就搬到「萬人圖書館」樓下的一間原作實驗室的樓房上
課了。

　　在河中求學六年，隨着知識的增進，由天真少年變成
充滿理想的青年。期間老師、同學和校園間有無數的人和
事，讓我終生回味和懷念，成了我的人生珍藏。至於這座
學校在學識上所賜予我的，更是令我受惠不盡，感激終
生。特別是文學方面，如果說我今日在寫作上微有成果，
那很大程度是出於母校的栽培。特別是我升上高中後，對
文學的興趣越發濃烈，記得有次教高二語文的林養度老師
謬賞我一篇作文，不但在我班上課時朗讀全文，隨後予以
評析，且拿到他任教的同級另一班也照做如儀。結果該班
一位同學因是學校團支部成員及校刊《河中青年》的編
委，特來向我邀稿，從此使我有機會經常向校刊投稿，磨

練文筆，發表習作。升上高三後，教語文的蕭啓華老師對我鼓勵尤多，我每篇作文他都仔細批改，詳細寫上評語。記得有次他這樣寫道：「即使是蓓蕾叢，也不能容忍一根葦草的嫩芽；要想錦上添花，就須戒驕戒躁，長期刻苦地磨煉下去……」他甚至多次單獨把我叫到他的房裏，對我的作文從措詞至謀篇等提出甚有啟發性的意見。由於在河中養成了經常投稿的習慣，我於1967年秋到香港定居後，也禁不住技癢，很快主動向《明報》等報刊投稿發表作品，甚至去參加《天天日報》和《時代青年》月刊聯合舉辦的徵文比賽，拿到大專組冠軍；後來正是這些作品成了我的「文憑」，使我有機會進入電影界、文藝界和出版界工作至今，文學和寫作也一直成了我不離不棄的志趣和事業。每念及此，我總會對河中的栽培感恩不忘。

大陸實行改革開放後，1981年河中五十華誕，曾來函邀我回去參加慶典，我實在渴望擁抱母校，但無法抽身，乃寫了一篇二千字的散文〈母校〉，發表於該年11月16日的香港《星島日報》副刊上，抒發了我對河中的眷念深情。四年後我終於回到闊別十八年的故鄉，同村黃信余老師特地陪同我去參觀母校，受到張秋綠校長、黃紀特副校長和陳彌民教導主任等人的熱情接待。那時的校園雖有甚多變化，但基本上仍保留著我求學年代的輪廓，校舍課室，花草樹木，都是那麼真實親切，恍惚喚回了我跳脫

參觀母校時，作者（左四）與部分昔日同窗學友合攝於紀念張海鰲校長塑像前。左一爲河婆中學前校長張秋綠先生。

飛揚的青蔥年華。至於2011年這次與同班學友在家鄉相聚時參觀河中，屬第二次重回母校，它的變化之大，簡直就是脫胎換骨，無法辨認，令我驚嘆不迭。是的，她變得更壯觀，更美麗了，學術水準也有了質的飛躍。

哦，這就是我的母校——河婆中學，她永遠是我心中的摯愛和驕傲！

2011年3月12日

——原載《河婆中學校史》，2014年11月出版

老　馬

　　2015年元旦，是我開始退休的日子，時年72歲。

　　72歲退休，較常人是晚了些，這可不是我不知老之已至，乃因我為「自僱人士」，沒有退休的界限，而我又很熱愛自己的工作，加上也有欲罷不能的因素（要履行一些合約），結果在拖了兩年的半退狀態下，終於全退下來了。

　　有人說，一旦退休，生活就會像失去重心般傾斜；如何保持平衡，就得看你的能耐了。決定退休時，我一直在思考該怎樣過自己的退休生活？我想，假如我也像一般人那樣，65歲甚或60歲即退休，那就年輕了六、七年或十多年，精神和體力即使已不復青壯年般龍精虎猛，相信仍可像當年那樣，勇攀鳳凰山（香港第二高峰）振臂放歌，也可以完成一些早就想做的閱讀、寫作等計劃。但現在歲月不饒人，欠缺了那股活力和雄心，只能淺嘗輒止或乾脆放棄了。

　　儘管如此，我相信自己只要放得下，安於平淡，退休

生活一樣可以過得快慰和充實。

　　正式退休前一年，即2014年，我從居住了二十八年的大埔遷居至新界西北的天水圍新市鎮，兩地相隔一個多鐘頭車程，又遠離了親友圈子，早上醒來常會有「夢裏不知身是客」的疑幻和失落感覺，彷彿成了「去國懷鄉」的新移民。由於跟親友說話的機會少了，一時又未交上新朋友，很少有機會暢談傾吐，結果只不過半年多時間，回到大埔去便被友儕譏為說話「口窒窒」，這的確是事實。回到天水圍後，我「知恥近乎勇」，主動走入社區，在天水圍公園結識了一班拉二胡或玩其它樂器的朋友，彼此談笑風生，非常快樂，口舌很快就恢復自然靈便了。

　　幸好，早在50多歲時，讓我有機會培養了兩種很健康的愛好，那就是打太極拳和拉二胡，為自己的退休生活與身心健康帶來不少助益。

　　太極拳已打了二十多年（包括太極功夫劍和太極功夫扇等），成了我「不可一日無此君」的愛好，所以每天早上除了有特別事務，我都不忘與它共舞個多小時。我想，自己的健康至今尚算良好，很大原因跟持之以恆天天打太極有關，所以我一直把它視為恩物，不離不棄。

　　至於二胡，那是60歲時才開始學的樂器，那時手指都有些僵硬了，正如俗語說「臨老學裁縫，學得會來眼又矇」，所以至今連二胡的一個最基本、也可以說是最重要

的技巧——揉弦，都尚不達標，那就遑論能拉得動聽了。不過，畢竟日子有功，浸淫了那麼些時日，興趣卻培養起來了，因而一直沒有放棄。經過近二十年來的拉拉扯扯（有些地方的人不說拉二胡，而說扯二胡），倒也可以拉一些曲目，一口氣玩它一兩個小時總可盡興，退休後自然有更多時間與它為伴，給我平淡的生活增添了不少情趣。

　　其實，我最大的興趣還是閱讀，那是少年時期就養成的愛好，退休後自然大派用場。想不到在天水圍社區，有兩個很理想的閱讀環境供我享用，使我對閱讀愛得更深，投放更多時間：其一是政府的「平山天水圍公共圖書館」，另一則是住宅屋苑的會所閱覽室。

　　天水圍公共圖書館號稱全港第二大圖書館，僅次於港島銅鑼灣的中央圖書館。樓高六層，一樓為青少年圖書館；二樓為親子圖書館；三樓是成人圖書館，一邊擺列各種書報雜誌，另一邊則是小說天地，是我涉足最多的樓層；四樓為文史哲及其它雜書的世界；五樓全部是英文書籍；六樓則為資料圖書館，擺列許多珍貴書籍畫冊，所有書刊只供在館內閱讀或影印，不得外借。置身於這個曾經獲得建築獎的大型圖書館中，通風、採光絕佳，座位舒適，電腦任用，讓人不禁興起「四壁圖書供嘯傲」的豪情勝概。

　　至於會所，它的閱覽室也有兩大列三層書架，擺放著

不少書籍雜誌和專刊。我發覺這裡也有不少好書，大概是
住客割愛擺放的，沒有借閱制度，任憑會員自己取閱。後
來我發覺有好幾本學術性甚濃的書是同一人放置的（每本
書都寫有購買日期，字跡相同），靈機一觸，覺得書籍
「獨悅閱不如眾悅閱」，遂把家裡書架上擁擠不下又已讀過
的一些書，也擺放到那裡去，即使日後要用到書中的資
料，隨時都可以前來查閱。閱覽室不算大，但樓底頗高，
一邊鑲著丈許高的落地玻璃，外面是公園和市區，可見輕
鐵穿梭來往，但聲音完全隔絕了，非常寧靜；室內擺有好
幾張長方形的大桌子和大沙發，夏天開著冷氣，閱讀和休
息都很舒適。

　　退休這幾年，抱著「補讀生平未見書」的心態，我的
確狼吞虎咽地讀過不少好書，特別是人物傳記、回憶錄一
類。過去因為工作太忙，我很少看長篇小說，這幾年粗略
統計讀了唐浩明的《曾國藩》（四冊）、《楊度》（三冊）、
《張之洞》（三冊），高陽《胡雪巖》（三冊）、《紅頂商人》、
《李鴻章》各一冊，孫文聖《秦始皇》、《漢高祖》、《努爾
哈赤》、《皇太極》各一冊，熊兆政《張居正》（四冊）等
二十多部長篇歷史小說，每種都幾十萬字以上；新近則在
讀名著《飄》上、下兩部，居然有追讀不捨的強烈懸念，
覺得名著確有其不尋常的魅力，下一個閱讀目標將是《百
年孤寂》。我這樣說並不是炫耀自己有手不釋卷的好學精

神，只是表明在充裕的時間和舒適的環境下，讓我可以盡興邀游書海而已。不過，年歲已大，雖然目力尚可，但記性差多了，讀過的書很多情節甚至人物都在腦海裏悄悄溜走，談不上有多大實際收穫。不過，正如魯迅所說：「在書中可以發現世界，也可以發現我自己」，無論年輕時或現在的垂暮之年，愛好閱讀都使我從書中獲益良多，除了供我怡情悅性、打發時日之外，的確也拓闊了我的知識視野，並從某些人物、特別是歷史人物的人生際遇中，獲得不少感悟和啟迪。

退休快滿六年了，幸喜沒有浪擲太多時光，日子過得尚算充實有序，也略有收穫。想起杜甫的詩句：「落日心猶壯，秋風病欲蘇；古來存老馬，不必取長途」（見杜甫〈江漢〉），詩聖晚年那種積極、豁達、正面的人生態度，很讓我欣賞。願自己也是一匹仍然揚蹄前行的老馬，即使無法走很遠都沒有關係。

寫於 2021 年 3 月 30 日

——原載《城市文藝》2021 年 6 月號

記我村兩位傑出鄉賢

——黃炳南與黃居谷

　　我出生和成長的地方，是廣東潮汕揭西縣（1963年前屬揭陽縣）河婆鎮馬頭村，它位處河婆盆地西南角的大廟山下，與縣城河婆鎮毗鄰。當時河婆地區只有三、四萬人，在講究宗姓勢力的封建時代，有「張、蔡、劉、黃四大姓」之稱，我們黃姓雖排在張、蔡、劉三大姓之後，但村中只不過約兩千宗親，其實算不得是有權勢的大姓。惟在20世紀上半葉，我村出了兩位傑出的人物黃炳南與黃居谷，前者是慷慨捐資辦學的百萬富翁，後者則是碧血長天的抗日空戰英雄，二人的事蹟一直為人們所津津樂道，無形中也提升了我們村子的知名度和影響力。

黃炳南富而好施造福桑梓

　　先說由窮極變鉅富的黃炳南先生。他名綱寧，字炳南，生於1867年（清同治六年）。少時由於家貧，隨母親改嫁偏遠山區。但該地的日子亦不好過，他七歲時只好折返老家，居於村中一間低矮殘破舊屋。由於三餐不繼，營

養不良，他瘦得像隻猴子；加上頭上長著大腦門，特別凸出；夏天時光著上身，只穿著黃麻布褲衩，蓬頭垢面。這副窮酸相自然會被某些村人瞧不起，給他起個外號「大頭杗」。

黃炳南先生（1867—1940）

為了餬口，黃炳南後來到相距數十里遠的姑媽村子給人放牛，晚間則去讀夜學以多識幾個字。這樣一直捱到十七歲（1884年，清光緒十年），他決定像很多家鄉青年那樣，前往南洋謀生。但身無分文又如何啟程遠渡重洋呢？當時有一條門路，就是俗稱「賣豬仔」——當契約勞工。按契約規定：僱主先為勞工掂付船費及其它相關費用，勞工抵達目的地後，必須先為僱主無償工作三年，期滿後才可自找工作。

於是，黃炳南與一眾「豬仔」，乘搭一艘機帆船沿著安南（今越南）海岸南行，經一個多月航程抵達南洋荷蘭殖民地——印尼吻哩洞島一個錫礦場當工人。別看黃炳南沒多識幾個字，卻很有語言天份，不出半年光景，便學會

日常英語及馬來土著語言（番話），可與工頭、老板等人直接溝通；加上他工作時又格外勤懇，漸漸受到荷蘭老板的注意，幾年後便擢拔他為管工。他又發揮天生的管理才能，把錫場的運作處理得有條不紊，頭頭是道，越發受到老板的信任和器重。

再說這個錫礦場經過多年的開採後，礦苗已漸見稀薄，加上常遇大石阻攔，開採日見困難，成本倍增，利潤微薄。老板遂萌生退意，決定出讓礦場。但買家前來勘察，見此情形亦退避三舍，不敢問津。老板只得轉而向黃炳南打主意，謂可無償讓給他繼續開採經營，包括礦場內一切生財工具，直到他開採成功有利可圖了才償還雙方所議定的母本；否則就算作彼此倒霉了。

黃炳南鑑於這是一盤無本生意，何樂不為！欣然接受挑戰。真是蒼天不負有心人，經過多方採掘，終於給他找到豐富的礦源，採獲的錫米堆積如山，獲利極豐。至此田地，黃炳南不發達都幾難矣！於是按合約如數償還荷蘭老板的機械設備等資產「母本」，自己成為全資擁有這個錫礦場的老板。

寫到這裡，需要插入一個與筆者祖父有關的小插曲。話說當其時也，筆者的祖父（黃士峨）也在該島的小鎮謀生，他是個有家學的文化人（高祖父黃錦清是清光緒二十七年〔1901〕中榜副貢舉人），在鎮上擺檔為華工寫家書、

擇日、看相等。黃炳南發現到富礦後，立即想到要請一個人替他管理賬目，他首先想到同村的我祖父。於是他特來到鎮上祖父的小檔前，笑著說：「老弟呀，你會給人看相，那你知不知道自己何時會發達呀？」祖父早就聽聞他找到富礦的消息，於是立即接口說：「如果阿哥肯招呼我，我很快就會發達啦！」黃炳南立即拍手說：「那好，你就來給我管理賬房吧！」──這是我聽村中長輩說的故事。據說，黃炳南其時亦招攬不少河婆同鄉人到其錫礦場工作謀生，有文化而又可靠者則當主管。

1909年（清宣統元年），四十二歲的黃炳南首度榮歸故里。此行的主要目的是籌建一座大宅，翌年佔地兩畝多的堂皇大宅落成，名曰「萬福樓」。黃炳南又眷念已改嫁山區的慈母，派人奉上光洋五百元，布匹一擔，聊報養育之恩。

最有趣的是黃炳南此次回鄉帶回一架英國製造的自行車，這是整個河婆地區的人從未見過的新奇玩藝，故黃炳南踩踏它所到之處，無論田間或是墟集，均引起哄動，人們紛紛前來圍觀或狂呼：「蜘蛛車！」「番鬼車！」奔走相告，整個河婆地區都為之掀動了。

也許，黃炳南身受少識字之苦，深知掌握文化知識的重要性，故對我村開辦學校有先知先覺的醒悟。1926年，他再次專程返鄉，表示樂意斥資在村中建一小學，以造福

後代，但校址因風水等問題遭到村中某些人的反對而無法如願。

當此時也，我們河婆地區一班從外國留學歸來，或外出廣州等地求學、工作的知識青年，正為籌建河婆地區第一間中學而奔走呼號。黃炳南聞訊率先響應，先拿出五百銀元在河婆墟浸信會教堂擺設盛宴，招待河婆地區各村的頭面人士兩百多人開會，商議創建中學之事。黃炳南在會上慷慨陳辭，並即席捐出兩千大洋以作倡議，與會者紛紛響應。隨後組成建校籌備委員會，一方面派人赴南洋募捐，以黃炳南的錫礦場為落腳點，另方面則在河婆地區選擇校址和募捐，建校事務密鑼緊鼓進行。

結果，南洋華僑捐得40,000大洋（其中12,000大洋為黃炳南認捐），河婆本地人士捐7,000大洋，合共得47,000大洋。河婆中學遂於1927年動工興建，以鋼筋水泥構建的新型校舍於1929年冬落成，合共有十九間課室和一個門廳。1930年春招生開辦。此即為筆者就讀六年（1957-1963）的母校河婆中學。

本來，為了酬謝黃炳南帶頭倡議和大額捐款而建成這間中學，建校籌委會原擬建一「炳南堂」作為紀念，且八條工字鐵等材料亦已運抵，但因經費須先作開課辦學而不得不擱置。此事直至三十多年後才舊事重提，1962年至1965年，揭陽縣政府兩次撥款共人民幣十萬多元，才在

原定舊址上建成一座兩層樓房，門樓懸掛上「炳南堂」金字匾額。此座建築樓下為圖書室，樓上則作學校辦公室和教研組室。

河婆中學落成後，黃炳南又慨捐3,000大洋給家鄉的大同醫院。他對在自己村中建小學一事始終耿耿於懷，不但慨捐8,000大洋交托鄉賢籌建「馬躍小學」，且深謀遠慮，拿出三百大洋資助品學兼優的窮人家子弟黃化龍到潮安金山中學深造，以便日後出任馬躍小學校長。迨小學建成，他又與另一鄉賢黃簡清兩人主動提出每年出資白銀5,000元，以作這間小學的常年辦學基金（後因日寇南侵而中輟）。筆者小學六年亦是在這間新式學校完成。

黃炳南給自己家鄉慨捐鉅款建校辦學之事傳出後，河婆鄰近一些地區為建中、小學，或建橋築路等公益建設，也紛紛前來向他募捐。黃炳南不拘地域，慷慨解囊，使鄰區五、六單建校事項都得以蒙其資助，這讓他更是聲名四播，讚譽遠傳。

自1926年起，黃炳南已將自己的事業從印尼吻哩洞島遷往馬來亞柔佛州士乃埠，成立「德茂園」，轉而發展種植橡膠、胡椒、菠蘿等經濟作物，當時很多來自家鄉河婆及附近海陸豐一帶的人士，都獲得他的接濟和安排工作，為他們日後在當地謀生及發展奠下基礎，所以黃炳南在當地華僑中深孚眾望，備受他們的愛戴。

黃炳南不止樂善好施，也十分愛國。1937年「七七事變」全面抗戰爆發後，他特組織四十人的「士乃埠華僑司機回國服務團」，奔赴祖國抗日前線效勞。這支服務團的汽車隊，曾在滇緬抗日前線十分活躍。

1940年5月6日，黃炳南病逝於士乃埠德茂園，終年74歲。該埠各界人士二萬多人為其舉行了隆重葬禮。事後家鄉河婆各界，亦為他舉行了盛大的追悼會。

黃居谷血洒長空壯烈捐軀

黃居谷先生原名國盤，1910年9月4日生於河婆馬頭村一貧苦農家，在四兄弟中排行第三，父親及兄長先後赴南洋謀生。

居谷天資聰穎，勤敏好學，先在河婆墟（鎮）大光小學和大山下村祠堂「光華國文專科學校」就讀，1927年秋負笈潮汕名校金山中學，1929年春再插入汕頭大中高級中學初中二年級。但只讀一學期就因經濟等問題，改往廣州海幢寺陳濟棠辦的第八路工程教導隊學習。惟當時學校設備簡陋，工程學習十分艱苦，居谷雖有刻苦堅持心志，終敵不過病魔來襲，只得回家調養醫治。

1930年冬，黃居谷赴廣州參加陳濟棠主辦的航空學校招生考試，競爭激烈，他雖成績優良，但仍列為備取。直至1931年春才得以進入廣州航空學校第六期航空科甲

班學習。經過二年多的刻苦學習和訓練，1933 年 4 月畢業，以成績優秀成為第六期首名畢業生。此後，黃居谷就在陳濟棠部下任空軍飛行中隊長。據說，當時凡是新買的飛機，都是由他首先駕駛試飛。

黃居谷先生（1910—1937）

陳濟棠那時是盤踞廣東的軍閥，在軍閥混戰的年代，他的空軍自然是一張皇牌，具有輕足輕重的影響，為南京國民政府所忌憚。1936 年，陳濟棠倚仗其空軍實力，聯合廣西軍閥共同反蔣。但他只重視空軍的高級人員，而對中下級人士漠不關心，造成他們強烈不滿和憤怒，加上這些人本有「反內戰、求統一、禦外侮」之心，結果引起倒戈，紛紛駕機投奔南京政府。

事後這批起義飛機被南京中央政府編入中國空軍第三大隊第八航空中隊，黃居谷以功擢中尉本級分隊長，且受到蔣委員長親臨接見，以予獎勵。適時其家鄉河婆馬頭村正新建「馬躍小學」，黃居谷隨即慷慨捐出一千大洋資助建校。學校建成後亦特在校內設一「居谷圖書室」，勒石

以為誌。

　　1937年「蘆溝橋事變」後，抗日戰爭全面爆發，黃居谷等空軍飛行員與全國軍民一樣同仇敵愾。8月13日日軍進攻上海，掀起震驚世界的「八·一三」淞滬戰役，中、日空中大戰亦拉開戰幕。8月14日，日機由台灣松山機場起飛，九架一批，分兩批企圖偷襲南京和杭州的中國空軍機場。駐防南京、句容、杭州的我空軍立即起飛迎擊，黃居谷與同僚於上海上空迎戰，經激烈纏鬥，擊落敵機一架，把敵機逼退。而在杭州筧橋機場起飛的高志航、李桂丹等亦高奏凱歌。此役我方劣勢勝優勢，以六比零大獲全勝，造成「八·一四」空軍大捷，全國軍民振奮。此後這個日子被定為「空軍節」。

　　翌日，日機多架再次來襲，黃居谷等又奉命迎戰，在句容南天寺附近上空，與戰友陳有為合力擊落敵機一架。

　　據此年8月18日南京發佈的消息：連日空戰以來，我空軍共擊落敵機三十一架，黃居谷在南京總站共擊落敵重轟炸機三架。

　　後來，為抗擊日寇停泊在上海之艦隊，中國空軍頻頻出擊，以凌厲之勢向停泊黃浦江外的日軍旗艦「出雲號」猛撲，戰況非常激烈。雖然敵艦上的防禦火力已被我空軍壓制，但陸上敵軍的防空炮火仍然非常猛烈，使我軍機無法接近，只能在高空盤旋。此時黃居谷為避敵防空砲火，

心生一計，從高空以其飛行絕技急速左右搖幌佯呈下墜狀，及至接近「出雲號」即投下三枚重磅炸彈，然後迅速爬升疾飛雲端而去。結果兩枚炸彈落入敵艦甲板爆炸，另一枚則直入煙卥炸裂，使該艦受到重創。此役黃居谷獲蔣中正頒發「特功獎狀」，以資表彰。

隨著日軍進侵日益猖獗，狂轟濫炸，戰況空前激烈。黃居谷義憤填膺，抱定捨死殺敵報效國家之心。為此，他特將住於南京行將分娩的二夫人先行轉移到香港，並囑：若生男即取名「小居」，生女則曰「小谷」。結果生男，黃居谷睹照片喜極曰：「吾已有兩條苗子矣！」蓋居於馬頭村的元配早已育有一子也。

9月19日（農曆中秋節）上午八時半，日機四十八架分作四隊大舉突襲南京，黃居谷、戴廣進等我空軍飛行員迅即駕戰鬥機疾飛鎮江上空迎戰。黃居谷以一敵三，經激烈纏鬥，擊落敵機一架，另一架為同僚戴廣進擊落。敵機惱羞成怒，集中五架圍擊黃居谷機。黃陷於苦戰，終以寡不敵眾而機身中彈，機尾冒煙下墜。他本擬跳傘，但因身中三彈，左手重傷鮮血迸流無力打開降落傘，結果在南京近郊墜地壯烈殉國，時年27歲（此役戴廣進亦陣亡）。消息傳來，河婆人民悲憤萬分，兩萬多人臂戴黑紗，在揭陽縣長馬丙乾親臨主持下，舉行了隆重的追悼會。

1985年，全國人民紀念抗日戰爭勝利四十周年，中

央統戰部撥款修復南京紫金山北麓曾遭毀壞的中國國民黨抗日航空烈士公墓。黃居谷乃為中央統戰部核准的第78位空軍烈士，並由中華人民共和國民政部給烈屬發出革命烈士證明書及撫恤金。墓園碑文曰：「黃烈士居谷系廣東揭陽河婆人。廣東航校六期畢業，任空軍第三大隊第八中隊中尉本級分隊長，於民國廿六年九月十九日在鎮江對日空戰陣亡，時年廿七歲，奉准追贈空軍上尉。」

　　壯哉！英烈千秋，永垂不朽。

　　（本文參考和採用了黃少達撰寫的〈黃炳南先生傳略〉及〈正氣千秋壯國魂──抗日空軍英烈黃居谷生平〉之資料，兩文皆為打印稿，未正式出版。）

憶念柯振中

作家柯振中去世已經二年多了，作為他生前來往密切的朋友，他去世時我沒有寫過悼念文字，心裏始終覺得很虧欠。當時所以沒有寫，一來是感於數年前曾寫過一篇四千多字的〈柯振中熱戀文學四十年〉，發表於《香江文壇》雜誌（後收進筆者的散文集《半畝方塘》一書中），我覺得該文已將振中兄的生平行誼和文學成果基本上勾勒出來了；另外一個原因，就是隨後相繼讀到盧文敏、許定銘等人的悼念文章，覺得已經有人寫，自己不該再湊熱鬧。然而，就是因了這一缺失，我一直覺得虧欠、疚愧和不安，特別是振中兄最後一次與我見面時的神情，老是晃現在眼前，讓我覺得再不寫就真對不起好友了；而且那一幕，其它的悼念文章都沒出現過，需要向文友交待。

那次與柯振中最後一次見面，是相約中午在彌敦道「金御酒家」喝茶，這是我們近年來固定的碰面地點，因為他的寓所就在酒家後面相隔一個街口的德成街，而我乘搭的巴士又可在酒家門前停站，彼此都非常方便；也因為

如此，每次總是振中兄先到開茶等候。但這一次卻是例外，我到後等了幾近半個小時，仍不見他的身影，其間致電給他也沒接聽，我正疑惑不安之際，才見他拖著有點疲乏的步履而來。

振中兄才一坐下就說：「今天我不吃東西了，你叫點心吃吧！」我望著他有些憔悴的臉龐詫異地問：「為什麼不吃呢，你吃過飯了？」「不，」他搖搖頭：「我一吃東西就會作嘔……」「身體有什麼不妥嗎？」「糖尿病。」我立即說：「糖尿病不要緊呀！這種病現在很普遍，我也血糖高很多年了，只要按時吃藥，多做運動，就可以控制得很好。」

這次碰面，振中兄除了呷幾口茶，始終沒有吃東西。及至我們離開酒家下樓走到彌敦道，我囑他如果是吃了糖尿病藥會作嘔，就讓醫生另換一種，直到合適為止，他點點頭。但彼此作別時，他雙眼一直緊緊注視著我，似乎有點依依不捨，又似乎有什麼話要對我說。我等待了好一會，他始終沒有啟口，最後彼此還是含笑分手了。

此後近一年，他音訊杳然。我多次致電給他，始終無法聯絡上，料想他是回美國治病去了，一直暗中為他祝禱。卻沒想到他竟是在香港瑪嘉烈醫院不治撒手人寰。

在我的印象中，身裁高大的柯振中身體一向很好，一頭有型有款的頭髮，襯得他益顯時麾英俊。記得有次替他出版某本書，拿著他中年時期的一張半身相片去一家製版

公司做封面，年輕美麗的老闆娘居然對著他的相片凝視良久，嘴角微微含笑。沒想到這次見面喝茶卻帶給我「他病倒了」的意外消息，令我既震驚又難過。但到底是什麼病他又諱莫如深，欲語還休；此後更自我蒸發，與世隔絕，默默承受病苦，不讓友人知悉他身在何處，以致連我們要去探望、慰問甚至最後的弔唁機會都付闕如了！

　　我不太善交遊，朋友不多。在香港文化界中，要算與柯振中交誼較深。因為我倆除了對文學和寫作都有濃厚興趣外，又有基督教的共同信仰，所以見面時的話題特別多。振中兄是個謙謙君子型的人，言談總是真摯溫厚，客客氣氣，從來都不會有疾言厲色的激烈言辭。香港人稱呼他人時總愛直呼其名帶姓，我比振中兄痴長兩歲，他一直以「南翔」兩字暱稱我，語帶親切溫馨，讓我覺得特別愜心。

　　酷愛文學的柯振中相當早熟，在十五、六歲就讀香港伯特利中學時，即開始在學生園地投稿發表作品。他十八歲念中四時，即有萬字短篇小說《悲劇？喜劇》在當時香港大報之一的《工商日報》刊出。及至他二十二歲之年，第一部長篇小說《愛在虛無縹緲間》（此書最後修訂版易名為《鶴飄記──愛在虛無縹緲間》）也問世了。此後半個多世紀，他一直筆耕不輟，小說、散文、詩等領域都留下可觀的作品。我很感佩他對文學的熱誠始終如一，堅持

不懈，即使移居美國，即使從商謀生，即使都過了五、六十年，都沒有稍減他對文學的初心初衷。

我與振中兄結緣，始於上世紀七十年代初期，那時彼此同是《當代文藝》月刊的作者。他成名較早，與非夢（曾任《當代文藝》編輯）等青年人，既勤於寫作，又搞文社和《文學報》雜誌，讓我這個自大陸來港不久的文藝青年好不羨慕。及至1975年，《當代文藝》為慶祝創刊十週年，搞了個大型徵文比賽活動，邀請香港著名作家和文

參觀中文大學「香港文學資料館」後，與香港著名作家劉以鬯伉儷和盧瑋鑾（小思，前左一）教授合影。後排站立者左起：作者、柯振中、（?）、許定銘、吳萱人。

化人徐訏、司馬長風、余也魯等擔任評判。主編徐速大概為了鼓勵後進，也把柯振中和我放進評判之列。結果我與振中兄就多了碰面接觸的機會，由文字的神交發展為知交乃至深交了。此後他雖然移居美國從事貿易生意，但頻繁來往美國和香港兩地，而每次回港例必邀約我喝茶聊天。他對香港文壇的關注以及對香港文學的維護，總是溢於言表。有次我問他：「你有香港作家和海外華人作家的雙重身份，你覺得哪個身份比較重要？」他毫不猶豫地回答：「當然是香港作家！」

踏入新世紀之初，振中兄進行了一項大工程：將其平生作品重新整理修訂，輯成涵蓋小說、散文、詩集等類型的十本作品，全部交由本人名下的當代文藝出版社代理編輯、出版、發行事宜。振中兄要求這些作品要以其創辦的營商公司——「司諾機構」——作為「出版者」，而暫不用我名下出版社的名字。我感於彼此的真誠友誼和他對文學的熱誠，慨然應允。這項綿延近十年的合作，既達成了他的心願，也讓我們的友誼更形深厚。

振中兄是個多情重義的人，記得2014年我決定退休，搬離出版社的最後一天，他特地約我那天中午喝茶，然後兩人一起來到已騰空的出版社原址——這個他曾涉足無數次、即將交給他人的工廠大廈單位——留連低徊一番，流露出戀戀不捨之情。

此外，振中兄還有一個「長情」之處很讓我欣賞，就是他在上世紀六十年代文藝青年時期，由他發起與文友共同創辦的「風雨文社」，一直到他去世前兩年，每年都會舉行文友相聚紀念活動。都五、六十年了，熱情猶在，初衷不改。我想，當年香港「文社熱潮」時誕生的那麼多各種文社，是否還有哪個文社也有此「韌力」呢？

我還發覺，柯振中處事非常細心謹慎，對自己所做的任何事都會留下記錄，絕不馬虎苟且。例如他在我社出書，每次交支票來時除了取回收據，例必要我將支票影印一紙副本給他存檔；書籍的銷售結帳也要有根有據，清清楚楚。總之，公事公辦，絕不會因為彼此是老友而隨隨便便。他這次整理出版自己的十本新舊作時，也輯錄了一份幾萬字的「柯振中文學活動年表」，分上、下兩部份附印於散文集《還墨賦》和《心念藥散》兩書中。這份年表詳細記錄了他何時寫何文章、何時參加何種文化活動、與哪位作家交往等等，可謂鉅細無遺，雪泥鴻爪，蹤跡可尋，讓我非常感佩。我認為這份年表，亦可提供給研究香港文學者尋索近半個世紀以來香港文學活動的一些蹤跡。

寫於 2022 年 7 月 10 日

（原載《城市文藝》2022 年 10 月號）

永恒的思念

——我的父母

　　我童年和青少年時期，與父母在家鄉日夕相處，直至1967年我25歲時來到香港。此後大陸處於「文革」時期，雙方睽隔兩地，十三年無從相見。「改革開放」後，1982年秋，我還不敢貿然回去家鄉，夫妻倆攜帶三個孩子，悄悄到廣州與父母相聚，在華僑賓館和越秀公園共渡了難忘的三個晝夜；期間交談時不免環顧左右，戰戰兢兢。及至我們作別父母坐火車回程，我在車廂裏仍一直忐忑不安，直到過了羅湖橋才放下心中大石。再過兩三年，眼見大陸的政治氣氛日見寬鬆，我們一家也就每年春節期間，不辭四百多公里近十個小時的顛簸車程，高高興興地往粵東家鄉去探望父母了。

　　父母那時的年歲並不算大，都還不到六十歲。他倆結婚較早，十九歲時生了我姐姐，二十一歲時我出生了，下面還有五個弟妹。母親以往常提起她結婚時，洞房花燭之夜，有個盜賊潛入洞房企圖偷竊金飾，她發覺門角處有個人影一閃，立即大喝一聲，那盜賊慌忙奪門逃了出去。小

時候聽到這事，心裡很害怕；長大後則覺得母親那時才十八歲，居然有如此膽量喝退盜賊，殊不簡單，甚至認為盜賊夜闖洞房，真像是一幕趣劇呢！

父母六十歲前，飽歷憂患，走過一段非常艱難的人生旅程。但他倆在逆境中有盼望，在磨難中存忍耐，不亢不卑，對我們兄弟姊妹的成長有很大的影響，因而深受兒女們的孝敬和愛戴。

父親文才出眾少年得志

父親並沒有很高學歷，初中畢業後就在家鄉一間小學教書。據母親說，父親和她結婚後，有次誤交損友參與賭博，輸了一筆錢，無力償還。因祖父的家教非常苛嚴，父親情知債主一旦追上門來就會大難臨頭，只好離家出走。當時正值抗戰軍興，他準備到粵北韶關去投考一所軍校。但由於年輕不知世途險惡，在投宿旅店時所帶的盤川給賊人偷走了，只好折返，躲在家鄉墟鎮附近一處竹林裏，不敢回家。後被村人發現，告訴我母親。母親遂不動聲色，悄悄把父親接回家中閨房藏匿起來，準備待祖父盛怒過後才作計議。過了一段時日，母親見祖父怒氣稍平，才把真相和盤托出。祖父雖沒有暴跳如雷，但仍表示得好好教訓我父親一頓。他特請我外公來到家裏，要父親跪在他和外公面前認錯，並將他狠狠訓斥一番才罷休。當然，那筆賭

債就得父親日後教書分期償還了。

　　父親青年時期非常活躍，打得一手好籃球，以靈活快捷見稱，至今仍不時為村人所津津樂道。他酷愛文學，教書之餘，常常投稿報刊發表文章，且有一部長篇小說《豐收之後》在汕頭一家報章連載。抗戰勝利後，他獲《汕頭商報》聘為記者，不久出任編輯，後來轉任國民政府廣州行轅在汕頭出版的《和平日報》記者和編輯。在那個年頭，一個住在偏遠山鄉的青年人，能有如此際遇，可謂少年得志矣。但正是由於這段經歷，中共建政後的1953年，他被視為歷史有問題，判處勞改三年，當時他才三十出頭。

　　由於這一變故，母親只好攜帶我們兄弟姊妹四人，從汕頭返回鄉下生活。既然失去了經濟支柱，我們又都年幼，嗷嗷待哺，母親只得勉力支撐這個搖搖欲墜的門戶，把家中可變賣的東西都賣掉了；又親自上山砍柴，下地種田，備極辛勞。我清楚記得，有一次我們家已無米為炊了，母親只好連夜煮製了一大盆「涼粉」（夏天人們用來消暑解渴的食品），讓我們第二天可以充飢。說來真是奇妙，就在第二天傍晚，父親的一位友人自新加坡給我們匯來一筆錢，雖然不多，卻來得非常及時，正好解決了我們的燃眉之急。類似這種絕處逢生的情事，我記得還有好幾次。

母親勉力支撐家庭

雖然生活異常困難，但母親從不唉聲嘆氣，自怨自艾。她親自給我們裁縫衣服，使我們過年時也像其他小朋友那樣，有新衣服穿，高高興興。記得有一年中秋節前夕，母親把自製的一罎醋也拿去墟集賣掉了，為的是換點錢給我們買月餅。一位鄰居阿嬸就對母親說：「只賣得那麼點錢，不給小孩子買月餅也不要緊呀！」母親卻認真地說：「不行，人有我有，錢不多就買小一點的，別讓小孩子們過節掃興。」母親就是這樣，生怕我們分享不到節日的歡樂，更怕我們幼小的心靈萌生自卑感，影響日後的成長，真是用心良苦了！

在家境如此艱辛的情況下，母親一定要讓我們上學。每年春秋兩季，為籌措我們的學費和書簿費，她不惜東挪西借，絞盡腦汁。記得有次舅父來我家，見到母親為支撐家庭而奔波勞碌，疲憊不堪，就望了望正讀小學三年級的我對母親說：「不如就讓這孩子去幫人家放牛吧，別再上學了，一來可以減輕你的負擔，二來或多或少也可幫補家庭。」母親卻不贊成，當下就說：「一個人沒有學識，怎能在社會立足呀！不讓他上學，豈不是害了他一生嗎？」母親唸書不多，僅小學程度而已。她平素喜歡閱讀書報，也能寫流暢達意的書信。在這段艱辛歲月她仍堅持讓我上

學，的確對我的人生前途影響至大；如果我十一、二歲就成了放牛郎，恐怕此生永遠都只能在家鄉做農夫，日日空對山川落日了。

雖然如此，當時少不更事的我，並不能體會母親的苦心，一點也不知自愛，常常和村中一些貪玩少年到村前的河裏游水、抓魚，或攀上樹頂掏雀蛋、捉鳴蟬，玩樂了就逃學，真不知令母親動了多少氣，流了多少淚。這種情形直至父親勞改期滿回家與我們團聚後，才漸漸改觀。

父親回來後，我也不知道他用了甚麼方法，使我變得喜歡讀書了。自五年級開始，我的學業成績一直名列前茅；到小學畢業投考中學時，成了全校唯一的「保送生」，不需參加升中試就可以直接上中學。父親平素很少疾言厲色，總是循循善誘。事實上，我那時候也非常崇拜他，原因是早就在村人口中聽聞了不少有關他青年時期的「威水史」；另外我常見他代村人寫信，信筆一揮，很快就寫好，而且字跡工整漂亮，很少塗改，果然文才出眾；再則是他能講述很多有趣的中外古今見聞，都很引人入勝，讓我們增廣了不少見識。

正是受了父親的影響，我開始喜歡文學和寫作。記得小學五年級那年，為了慶祝母校校慶，父親在一盞小煤油燈下，引導我寫一首獻給母校的小詩，以刊載在學校牆報上。雖已隔五、六十年了，那種情景至今仍歷歷在目。其

後我在學校的每篇作文，直至高中畢業，他都仔細看過，並有所批評。當時他常常對我說：「你喜歡文學，首先要懂得培養感情。」我讀高三時有位蕭啟華老師，改作文很認真，評語又寫得具體中肯，父親對他常表欣賞。

父親厄運相尋逆境自勵

父親回家時三十多歲，即使在家鄉務農，最初仍對前途充滿信心，希望有所作為，農暇或晚間堅持看書、寫作。他以自己在勞改場的切身生活體驗為題材，寫了一部二十多萬字的長篇小說《廢鐵在鍛煉中》，投寄給北京人民文學出版社。半年多後收到該社退稿，內附一函，洋洋近千言，詳細分析這個長篇的得失，最後指出這一創作的最大缺陷在於「未能表現出黨在這批勞改犯人的改造上所起的重要作用，似乎他們是自覺自發進行改造的……」「希望作者進行修改，以在不久的將來能看到你成功的作品」云云（大意）。此外，父親還寫了一些短篇和評論。但沒多久，「反右鬥爭」風暴驟起，父親的厄運也就接踵而至。這場主要針對知識分子的運動雖然沒對父親造成直接衝擊，但大陸從此之後就一直提倡「階級鬥爭」，父親因而被列為受管制的「五類分子」（地、富、反、壞、右）之中，這就把他作為公民的一些基本權利給剝奪了，遑論有機會發表作品和出書。既如此，父親只得封筆，再也不

寫作了，只偶爾寫點詩詞遣興而已。

　　我們家庭因父親的關係，也進入嚴冬之中。當時正值冷戰時期，局勢稍有風吹草動，父親和其他「五類分子」就會被叫去開會，訓誡一番，母親和我們也總是為他擔驚受怕。父親堅認自己歷史清白，並沒有罪，他倒是對一切逆境處之泰然，既沒有像某些「五類分子」那樣垂頭喪氣，也沒有自嘆命蹇，頹廢萎靡。我見他白天耕作之餘，晚上在家常愛讀《古文觀止》，偶爾也吟誦文天祥的〈正氣歌〉，並不時勉勵我們要有抗禦逆境的毅力和定力。

　　在那個年頭，一般的「五類分子」家庭難免會受到歧視甚至打擊，但相對而言，我們受直接衝擊的程度會輕緩一些，這倒是拜母親所賜。由於母親人緣好，又有點文化，被村裏人推選為新法接生員（當時稱為「助產士」），到醫院去接受一段時期的培訓後，就負責我們這個二千多人的村子之接生工作。母親知道這種工作事關人命，須格外認真謹慎，一旦出問題就茲事體大，後果堪虞，甚至會禍延父親，所以總是傾力以赴，力求做到最好。

母親任接生員傾力以赴

　　其實，接生這工作是非常辛苦的，因為很多嬰孩都是深夜出生，母親須隨傳隨到。我記得常常在三更半夜裏，巷口傳來一陣急驟的狗吠聲，把我從睡夢中驚醒，我就知

道有人來叫母親去接生了，母親也總會隨即起床作準備。這倒不打緊，最要命的還是有兩個小山村，距我們家有十多里路，也屬母親負責的範圍。其中一個隔著一條河，大白天倒無所謂，要是寒冬深夜，碰上沒搭橋的時節，就得赤腳涉水過河，河水幾乎及於膝蓋，其可怕處可以想見。這條河屬榕江上游，是山溪，河面頗寬。夏秋間河水漲了，白天有渡船接載途人過河，晚上自然沒有擺渡，遇到這種情形，母親就得繞道幾里路到下游過一道公路橋，多走約一倍的路程。儘管如此，母親熱愛這種工作，因為既可解決一部分家庭經濟問題，又可藉以建立人際關係，所以她總不嫌苦，幹得很投入。

母親幹接生工作十多年，一直兢兢業業，從沒有出錯，深獲村人的好評。加上外公是個中醫師，母親早就從他那裏掌握到不少醫療及保健的知識，特別是婦科病方面的，更有助於她的工作。母親有兩種婦科秘方非常受用：一種是婦女坐月時受了風寒，頭疼或發泠發熱，只須用一種很常見的青草燉白酒，很快就可治癒；另一種則是婦女分娩後，體內仍存有瘀血，腹部起團常常疼痛，這就得用深山裏的一種灌木樹根配豬肉熬成藥湯醫治。記得我十二、三歲時，母親經常帶我上山去採這種藥，告訴我要怎樣辨認，又須注意周圍是否有毒草，才可以挖掘；去了多次之後，我就可以單獨出馬替母親代勞了。

作者（後排中）來港定居前一年——1966年春節，與父母弟妹在家鄉合影。

　　母親給人治病，往往只象徵性地收取幾角錢，貧苦的就完全不收。正是由於母親的樂善好施，任勞任怨，深得村中人的好感，「不看僧面看佛面」，間接上也減低了極左分子針對父親和我們家庭的鋒芒，惟父親的問題仍無法根本改變。

　　我高中畢業後，由於自己是「五類分子家庭」的背景，兩次報考大學都名落孫山。我只好面對現實在家鄉務農。一年，二年，三年過去了，依然是種田還是種田，就連想當一名村中小學的民辦教師也沒有我的份，我知道自己根本就沒有甚麼前途可言了。1967年深秋，當「文革」的風暴開始席捲神州大地之際，天父助我，讓我歷十個畫夜攀山越嶺的艱險抵達邊境，又乘深夜冒險游過深圳灣（后海灣），終於來到香港，開始了新的人生歷程。

　　我來到香港後，奇怪的是，父親本身因為從事新聞工作而招致連串厄難，但他並沒有將之視為畏途，反而鼓勵我盡可能從事這一職業，並寫信委託在港的朋友協助我達成這一心願。雖然後來我進的並非新聞界，而是文藝界，但父親仍然非常高興，認為二者就像孖生兄弟一樣，來信語多激勵。如果說，我後來在文學事業上算有寸進，父親的鼓勵、支持是一個不可忽視的因素。父親有一句令我畢生奉行的教誨，就是：「對自己，要自信；對他人，要自謙。」這句看似簡單的話，一直在無形中指導著我的行事為人，讓我終生受益。還有，我來港初期他就來信提醒我說：「要記住：一時的浮名是毫無用處的。」這使我懂得凡事須腳踏實地，名實相副，保持低調，不要為虛名輕易出風頭。

「文革」時父親命懸一線

文化大革命的狂飆席捲全國，這場運動對我父親而言，更是一場關乎生死存亡的大刼難。一些別有用心的人，以父親的歷史問題及我來港的事件，乘機加給他種種莫須有的罪名，對他施以拳打腳踢的殘暴批鬥，直欲置他於死地。母親不忍父親受此冤屈，打算去批鬥父親的現場與他們論理。有鄰居勸阻她不可去，說去了恐怕會連她也一起揪鬥。但母親並不畏懼，直抵現場——一座古舊的大祠堂，指著正受酷刑的父親大聲道：「你到底有沒有罪呀？——我知道你今生清清白白沒有罪，如果有罪，就是前世的罪！……」鬥父親的人起初以為母親是來揭發父親的，聽到母親這麼說，急忙將她推出去，連聲說：「走走走，這裏不關你的事！」這一幕情景，是多年後一位曾在場的目擊者告訴我的。我聽後心潮起伏，想及母親只是一個平凡的農村婦女，書也唸得不多，但在重要關頭，居然有如此勇氣，又能說出如此睿智的話，真是太不簡單了！想起在那個瘋狂年頭，多少兒女批鬥父母？多少妻子揭發丈夫？母親始終持守節義，站在父親身邊，有守有為，我為有這樣的母親引以為傲。

雖然父親在遭批鬥中沒有被摧殘致死，但後來還是被以莫須有的罪名判處十五年徒刑，遣往粵北韶關勞改——

每天下到幾十尺深的地底採煤。一次煤坑發生連環大爆炸，飛沙走石，死傷不少人，父親憑其機智和知識，一聽到爆炸聲立即俯伏於地，才得以僥幸逃過大難。

父親以其堅韌的意志，在礦坑熬過漫漫九年的艱苦歲月，終於迎來了中國歷史的轉折。1979年他獲提前釋放回家。1987年汕頭市中級人民法院為父親平反，指出並未發現父親解放前從事新聞工作期間有反革命罪行，而「文革」時加給父親的種種罪名亦「事實依據不足，不予認定」，並鄭重宣告父親無罪。當我接獲這一平反書時，悲喜交集。悲者，父親受冤屈三十餘年，心靈和肉體備受磨難，人生前途亦遭摧毀，這一損失即使平反了也無法挽救和補償；喜者，父親清白了，他可以堂堂皇皇地做人了，他有做人的尊嚴了！

平心而論，父親在「文革」時慘遭摧殘，我悲憤莫名，以至無語問蒼天的地步。幸好自己那時有了基督教信仰，學會了忍耐、包容和寬恕，悲憤也就不致戕害了自己的身心。尤其是改革開放後，有不少文章揭露歷次政治運動的內幕和「文革」的實情，當我看到許多有成就的知識分子甚至中共黨內的高層人士，遭逢到比父親更慘酷的境遇，有的甚至喪失了性命時，我就覺得這實在是時代的悲劇和整個國家、民族的不幸，因而任何個人是非恩怨都不想去計較了，只是希望這種悲劇永遠成為過去，不再在我

作者父母攝於家居（1995年）。

們的國家和人間重演。

胸懷坦蕩重拾文筆

記得1982年秋，在廣州華僑賓館與父母首次重逢時，我攜帶了自己已出版的散文集《遊子情懷錄》和《生命的迴響》，還有一本《當代中國大陸作家評介》給父母看。刧後餘生的父親一見到這三本書，簡直像見到稀世珍寶般驚喜，眼裏閃動著淚花，久久說不出話。在此後相處的幾天裏，他一有空就翻看我寫的書，在在流露出一個曾經執筆寫作的人，對文字的特有感情。

其實，最使我感動的，還不是父親對我寫作成果的喜悅，而是他對寫作人生活處境的理解。我有兩個弟弟比我稍後幾年也來到香港，由於他們一開始就從事製造業，加上適逢大陸實行改革開放，香港經濟暢旺，所以很快就賺到一筆錢。父親回家後他倆就斥資重建家中舊居，以鋼筋水泥建起當時全村最高的房子。我那時三個孩子還小，薪金只夠生活開支，因而沒有太多餘錢拿給父親蓋房子。父

每年春節，作者舉家都會回到家鄉與父母及家人相聚。
此照1994年春節拍於家居「成芳樓」大門前。

親非但沒有任何不愉快，反而寫信來多所慰勉，說他「從來都不會以賺錢多少作為衡量人生價值的標準」。為此，除了藥物之外，他很少向我要錢。家鄉的房子蓋好後，他還特地在客廳設一小書櫃，說是專用以擺放我寫的書，以及我創辦的出版社出版的書籍。有次母親對我說，父親對我寫的書總是看了又看，不知看了多少遍。

改革開放後，大陸的政治空氣日見寬鬆。父親胸懷坦蕩，捐棄前嫌，在家鄉參與了一些公益活動，如加入村裏小學的校董會，推動文化教育；又叫我們捐了點錢，創辦「老人會」並被推舉為會長等；他還應邀加入縣「文聯」和「詩社」，寫些散文、詩詞和文學評論（例如〈夜讀《紅樓夢》札記〉）等，發表在縣市級的文學刊物上。

父親晚年既擺脫了政治壓力，家庭又夫妻和樂，衣食無憂，含飴弄孫，在外還參與了一些社會活動，所以他的生活應是愉快和充實的。可惜，天不假年，這樣的日子只過了近二十年，1998年4月14日（農曆三月十八日）上午十時許，他如常往村東頭散步途中，急性心肌梗塞猝發，送醫院搶救罔效溘然長逝，享壽七十六歲。他走得瀟脫，沒有任何痛苦，又不致連累家人，所以他的死訊傳出時，村中很多人都說這是他修得的福氣。

先父的葬禮備極哀榮。縣政協、縣文聯、文化舘、博物舘、鎮僑聯等單位均致送花圈致哀；一百多個大花圈和

數十幅祭帳遍佈於靈堂前廣場。村委會、校董會及老人會聯名為父親舉行追悼會，委派黃少達老師致悼詞，稱先父「在青少年時代已嶄露頭角，飲譽文壇，五十至七十年代，命途坎坷，屢遭折騰磨難，居然捱下來了。及至改革開放年代，還鄉養老，捐棄前嫌，不計個人得失，胸懷曠達，寬仁厚道，為社會文化教育事業、公益事業奉獻餘熱發揮餘光；身為縣文聯會員，仍筆耕不輟，潛心研究中國古典文學，發表多篇研究心得……」，並呼籲眾人「化悲痛為力量，弘揚小成先生矻矻以求，克己奉公的精神；學習他胸懷坦蕩，寬仁厚道的風範」。繼而縣博物館館長、作家及詩人蔡俊舉先生發言追憶先父生前行誼，對他在文化教育事業上的事跡多有中肯和讚揚的評價。隨後送殯行列綿延約二里長，十分熱鬧壯觀。相信先父在天之靈見到這種情景，亦大感欣喜和安慰矣！

母親高壽安詳去世

今天回想起來，先父雖少年得志，但日子不多，僅數年而已。他所以能捱過青壯近三十年的磨難，迎來晚年餘生的尊嚴，除了他本人的意志堅強外，還與先母對他始終支持體貼分不開，所以他晚年常流露出對先母感激之情，多次在寫給我的書信中提到「世間上最偉大的人是你母親」。我也認為是這樣。母親是個平凡的婦女，她持守做

人的原則，忍耐、包容，與人為善，在惡劣的環境中有守有為，是非分明；長期給苦難中的丈夫以精神支持，為七個兒女的成長含辛茹苦。這樣的母親，在我們的心目中，當然是最偉大、最可敬的。

先父去世後，母親跟隨四弟一家遷往深圳居住，港深毗鄰，我們從香港可以隨時過去探望，因而有更多機會相聚。她平素有兒孫相伴，心境寬泰，勤讀聖經；雖然體弱多病，但善自保養，配以我們常帶給她一些補品藥物，所以得享九十二歲高壽。她 2012 年 2 月離世時極為安詳，早餐尚能如常吃粥，餐後覺得有些頭暈；四弟忙扶她自六樓緩緩步行至地下（樓宇沒有電梯），旋即召車將她送往醫院急症室，延至翌晚以心肌衰竭而返回天家。

先母的喪禮在深圳以基督教儀式舉行，場面亦甚榮哀。後骨灰運回家鄉卜葬於先父身旁墓地，在蔥蘢群山的懷抱中，與先父共享蒼翠、靜穆與安寧。

2015 年 9 月 12 日完稿

（筆者按：父母健在時我曾發表過《我的父母》一文，且收進《黃南翔散文選》一書中。及後父母相繼去世，為了完整表述和紀念他倆風雨同舟的一生，我在該文的基礎上大幅增刪調整予以重寫而成現文。）

第三輯

文蹤印跡

苦難，激勵他奮鬥成功！

——讀蕭可鷗《青春無悔》

　　早在上世紀七十年代中期，蕭可鷗即以詩作登上香港文壇，那時他的詩集《鷗之歌》獲香港高原出版社出版，引起不少文藝青年注目。原因是當時出書非常不易，非名家很難得到出版社的青睞；蕭可鷗有機會登上名作家徐速主持的高原出版社之書榜，自必有其不凡之處。記得當時狂熱愛好文藝的我，就是抱着好奇心態買了一本《鷗之歌》來讀。果然，詩集中的詩寫得別具特色，鏗鏘有力，富於哲理，顯示了作者過人的詩才。讀後我很想結識這位詩人，殊不知那時他已去到遙遠的南美洲，為謀生、為創業而拼搏。後來從他作品的描述中，才得知其間的過程極其艱辛曲折，甚至多次經歷危難險境，令人觸目驚心，在在顯示了他非凡的毅力和志氣，否則早就劫難難逃了。

　　人生的境遇很奇怪，2000年我主編《當代文藝》雜誌時，竟意外收到自南美移居美國的可鷗兄寄來詩稿〈故鄉行〉，寫得很有感情，琅琅可誦，我馬上把它發表了。也許由於我們兩人青年時期在中國大陸的境遇，特別是彼

此當時都是極左路線的受害者，備受磨難，不得不冒險患難投奔怒海，這種相同的人生歷程，加上大家都愛好文學、寫作和弦樂拉奏（他擅拉小提琴我愛拉二胡），我們有很多共同語言和心靈共鳴，自然而然成了惺惺相惜的好朋友。兩年後，他將成名作《鷗之歌》重新修訂並加入近年來的新作，也交給我主持的當代文藝出版社出版，我們間的交往就更頻密了。

以往，我一直把可鷗兄視為詩人，但到2006年我讀了他交給我出版的小說稿《青春無悔》後，他寫小說的才華才令我禁不住驚嘆起來；換言之，他的小說比起詩作來，可說有過之而無不及。讀這部近二十萬字的長篇小說，它的情節發展不但磁吸我一口氣把它讀完才肯擺手，跟着心情又久久無法平靜，充滿了共鳴和壓抑感，腦際裏翻騰着很多引起我深思的問題。

《青春無悔》是一部自傳體小說，作者寫的基本上是他自身的經歷，有其

蕭可鷗長篇小說《青春無悔》（增訂版）封面

無可置疑的真實性。但作者的經歷太豐富，太曲折，大驚險，太坎坷無奈了，其中還包括了令人唏噓嘆息的愛情歷程，這可不是一般人所有的，因而又構成了它的傳奇性，使這部小說具備了讓人追讀不捨的吸引力。蕭可鷗是一個敢於跟苦難命運搏鬥而取得成功的人，因而他可以自豪地說自己無悔青春，無悔平生；他活得精彩所以也寫得精彩。尤其可貴的是，他百折不撓，逆境自強的精神，給讀者帶來了強有力的激勵和啟發。

　　蕭可鷗這部小說所以能寫得那麼精彩，當然和他特殊的身世和人生際遇有關；換言之，他所經歷的苦難，成了激勵他艱苦奮鬥達至成功的動力。有關他所經歷的苦難，在上世紀五十至七十年代改革開放前的中國大陸，千千萬萬人都曾經身受過，只是程度有深淺不同而已，可說很有代表性；作者把它寫得既真實詳盡，又深入生動，佔了全書約五分之二的篇幅，很值得我們反思。記得獲過諾貝爾文學獎的前蘇聯作家蘇辛尼津曾鄭重說過這樣一句話：「文學若沒有把人類的苦難傳達出來，讓人們警惕道德的叛逆和社會的危機，就只能淪為文學的化粧品。」（大意）在中國現代文學的領域裏，反思「文革」的「傷痕文學」不少，而深入揭露極左路線禍害的作品則不多，因為雖然改革開放了，但仍有禁區，觸及了就會惹麻煩。但蕭可鷗並不忌諱，秉筆直書，這部小說正是一個「突破禁區」的

難得範例，可填補這方面的欠缺或不足。

　　當然，好的作品離不開寫作技巧。我為什麼說很欣賞蕭可鷗寫小說的才情呢？因為他善於駕馭情節，控制氣氛，又剪裁得宜，讓人覺得內容豐富而不雜亂，情節緊湊而充滿張力。後來，蕭可鷗應讀者的要求，趁《青春無悔》再版的機會，把他退休後回到家鄉廣東中山市生活所發生的種種事情也寫出來，為原著增加了四章約五萬字的篇幅，從側面真實反映了改革開放後珠江三角洲的社會風貌，使全書內容更豐富，吸引力更強，也更加充實完整。我想，如果有人把它改編成電影或電視劇，這就是一個很好的題材。

寫於 2012 年 5 月 15 日

　　——原載於蕭可鷗著長篇小說《青春無悔》，2012 年7 月出版。

《劉天干書畫集》序

　　認識劉天干先生始於 1985 年暮春，那時「改革開放，振興中華」之風正勁吹神州大地。我首次回到闊別十六年的故鄉，心情非常愉悅。先父說我這次回來，應該抽暇去拜會縣文聯主席劉天干先生。原來，劉先生小學年代曾是先父的學生，先父對他的印象甚佳，說他聰明好學，少年時期就寫得一手好字，在同學中出類拔萃；1950 年他自南方大學畢業後，二十多歲就出任家鄉一間實驗小學的校長；後因在專區《汕頭日報》頭版發表了一篇調查報告，文才和文風備受重視，獲調任縣委秘書，後來出任縣文化局長，繼而又升任縣文聯主席。先父那時也是縣文聯成員，劉先生知道我在香港亦是從事文化和文藝工作，曾對先父表示如果我有回家鄉，當相聚一敘。

　　這自然是我很樂意的事情。一來我很想對家鄉的文藝界多些瞭解，二來我知道自己中學年代有一位同窗張志誠，近年就在縣文化館編《北山文藝》雜誌，是我的同道，也想藉這個機會見見他。

　　果然，那次與劉先生聚敘非常愉快，他平易近人、親切隨和的作風，讓我很快就把他視為良師益友。他對我多有關切勉勵，沒有架子，不見官腔，讓人如沐春風。事後，他以縣文聯的名義宴請我吃午飯，讓我有機會在席間認識包括張志誠同學等縣文藝界的一些前輩和同道。因了這個緣故，一直至今，我與縣文藝界的朋友都保持聯繫。

　　劉天干先生的書法，早在上世紀五十年代我在家鄉求學時就享有名聲，印象最深的是那時幾萬人口的家鄉地區，墟鎮上唯一的一家戲院——「河婆戲院」的大字院名，就是出自他的手書，為人們所稱許。其實，劉先生的書藝大放異彩的時期，當推1984年下半年他出任縣文聯主席，以及後來又任縣政協常務副主席，乃至退休這二十七八年間，也就是他五十出頭的盛年直至退休後的晚年。

　　這自然有其主觀努力和機緣輻輳兩方面的因素所造成。一方面這位自少就愛好書藝的書家，經過長期不斷的磨礪積澱、觀摩薰陶後，至此階段已臻成熟揮洒，可以筆隨心至，形神兼備，自成一格。另方面則是他遇上了難得的契機：由於這段時期，祖國的改革開放熱潮正如火如荼，中華傳統文化和書畫等藝術，恰逢復興盛世備受重視。而劉先生本身的工作，需要接待大批海內外鄉賢、僑領和文化界人士，他們很多都慕名劉先生的書藝，向其求索條幅者甚多。高情難卻之下，劉先生只得勤於揮毫，佳

作遂源源而出。而縣裏的領導有見及此，也多番邀請劉先生提供書法作品，經精心裝裱後作為禮品，於出訪日本、泰國、馬來西亞、新加坡等國和台港地區時致贈給當地社會賢達和僑領；據統計，單是這方面的作品就有二百五十餘幅之多。加上家鄉各地的旅遊景點、學校、單位、祠堂、會館及個人等，又紛紛邀請劉先生書寫匾額、楹聯、碑刻和條幅之類，讓他大有應接不暇之勢。如此種種，劉先生的書藝作品怎能不迎來創作上的大豐收？在這種情形下，他的墨蹟既起到了溝通、聯繫海外僑胞和社會各界的橋樑作用，也因而得以在海內外廣泛流佈，讓更多人有機會觀摩欣賞。

如果說，上述是劉先生書藝的黃金時期，那麼這個時期也有一個耀目的亮點，那就是2005年劉先生應中國文化管理學會和中國書法聯誼會的邀請，攜備自己三幅作品赴法國巴黎中國文化中心進行文化交流，參展者名家甚多，劉先生以〈龍的傳人〉一幅榮獲該文化中心收藏，這顯示了劉先生的書法藝術已為國際所注目和肯定。

日前與志誠友同赴深圳龍華劉府拜訪這位已屆耄耋之年的書法家，他鄉遇故知，暢敘人生，縱論藝壇，氣氛甚歡。既享劉先生及其家人特備的家鄉美食款待，又意外獲得劉先生即席手書條幅見贈。蓋來時我們縱有求字之心，念及劉先生已是八十遐齡老人，焉敢妄求？想不到劉先生

主動提起筆來，手不顫心不搖，筆端到處，渾然天成。嘆賞好字之餘，內心不由禱祝劉老福壽康寧，長寫長有。

2003年，劉先生曾將其書藝和詩文作品結集為《藝海一粟》出版，厚厚一大冊，廣獲好評，需索者甚眾，第一版很快贈罄。翌年深圳舉行揭西縣鄉親經濟促進會，多位喜愛《藝海一粟》的鄉賢認為此書深具閱讀和收藏價值，遂竭誠出資再版一千本，以分贈與會的鄉親和各界人士。時隔近十載，勤奮的劉先生又累積了不少心血佳作，行將出版《劉天干書畫集》。恭讀其書畫稿，深覺更見功力，底蘊深厚。

蒙劉老謬愛，囑後學寫序，不勝榮幸。謹撰蕪文，不當之處祈多指教包涵。

2012年5月10日於香港篤書樓

《我們這一代》序

少華兄與我有近三十年的交誼，但說到對他有比較全面深入的認識，還是最近讀了他的新著《我們這一代》。這本十多萬字的書稿記述了他的生平經歷，自然也涉及了他的父母、家人和親朋戚友，是他以六五之年對人生的回眸。讓我暗暗欣賞的是，他避開了一般寫回憶錄大致按時間（年齡）順序的流水帳方式，另闢蹊徑，以鳥瞰的角度，分設若干個專題，如在「楔子」之後就是「遙遠歲月」、「小城舊痕」、「動亂年代」等等，彼此看似獨立卻又互有關連，將他看似平凡卻又耐人尋味的人生展現出來。這是他的高明處。

有人認為回憶錄或自傳這類玩藝，是大人物或有大成就者的專利，因為這種人寫的才大有看頭。這顯然是片面偏狹的看法，我絕不苟同；從每個人的人生都是一個故事的觀念出發，只要其故事有意思，有啟發性，什麼人都可以寫出來，問題是撰寫者是一味膨脹自己呢，還是要將他的人生經驗告訴別人，惕勵後世？這就是回憶錄是否可

讀、是否有價值的關鍵。少華兄自然不是大人物，他在寫作上很有成績，收穫豐碩，但現階段我可不敢瞎吹他已取得了重大成就；惟他正是手握著一支生花妙筆，能把有關自己的故事寫得別饒意味，娓娓引人。

　　確實，少華兄這本《我們這一代》，沒有寫什麼炫人耳目的大事件，可說都是一般人生所要面對的問題，但為什麼那麼吸引人呢？我認為就是它與這半個多世紀的中國、香港的社會脈搏緊密相扣，時代所出現一些畸形狀態、乖悖情事都會投射到他的人生經歷裡，引起他的感嘆和反思。所以他不單寫了自己的生活經歷，幾個人生階段的重大轉折，以及最能代表他人生價值的文學創作所發生的情事，而且行文中不時都有他啟人深思的議論。他的書名叫作《我們這一代》，曾經讓我玩味再三，為何不是「我的人生」、「我的奮鬥」什麼的，以凸現一個「我」，而是似乎把同代的人都拉進去了？其實這正是書中蘊含了深刻時代感的所在。那麼少華兄心目中的「我們這一代」的特徵又是怎樣的呢？概言之，就是「做人要腳踏實地」。他在此書開頭的〈楔子〉裡有一段話這麼說：

　　「……從那個時候開始，我便認定了一個道理，要令生命留下亮點，靠的是自己的實力和知識。其實這是我們這一代的共通點，沒有人認為走鑽營取巧的人生路會獲得好處，甚至可以風生水起。如今回想起來，這與我們這一

代受到的做人要腳踏實地的教育不無關係。反觀時下，即使在香港這種有著良好道德根基的地方，靠自己實力尋找生活安穩、事業成功的人已日趨減少，或許哪一天會完全消失……」

　　這段有感而發的話，使我不期然回想起認識少華兄這麼些年來，他給我最深刻的印象正就是踏實和勤懇，從而一步步地建立起目前安穩的生活和在寫作上的名氣來。他上世紀八十年代初隻身來港時，一無所有，但通過他的踏實、堅忍和創業智慧，不但逐漸安頓了生活，接妻子來港團聚，十多年後還在港島置業買了樓。尤其使我感佩的是，在艱辛謀生創業的同時，他一直沒有放棄手中那支熱愛寫作的筆，一篇篇文章，一本本書就從他的筆端誕生出來，引起文壇的注目和好評。他並非暴發戶可以大富大貴，但卻讓我看到了踏踏實實、一步一個腳印的毅行者所取得的成果特別香甜，他的人生也因而顯得特別有價值。

2014 年 3 月 9 日

序《風華河中》

　　耳畔常常迴蕩著一股旋律，先是柔緩而溫潤，宛若慈母在床邊輕喚熟睡中的嬰孩；繼而頻密響亮，猶如林間一群晨鳥在枝頭蹦跳喁啾；跟著越來越高吭激越，如同急鼓繁弦，嘹亮昂揚，讓人頓生抖擻精神、奮發向上的意氣。這種旋律自二十歲那年起，就不時在我的耳邊縈繞，至今已伴隨了我五十多年；特別是清晨天仍未大亮，而我又睡意仍濃、似醒非醒時出現得最多。每遇到這種情形，我也就不會再貪睡了，而是霍然而起，煥發精神去迎接每一天。

　　這到底是什麼旋律如此神奇？大概一般人不會估想到。悄悄告訴你：那是 1962—1963 年間，我在故鄉的河婆中學讀高三畢業班，準備高考而在學校留宿時，每天早上宿舍播放的催我們起床的音樂聲，我們每天就是這樣開始了緊湊的學習生活。我很喜歡這個由弱而強、由緩而急的音樂，雖不知道它叫什麼名字，但它對我有一種特殊的親切感，因為它常常喚起了我的青春年華，也喚起了我對

校園、老師、同學的回味和記憶；這是人生中很可低徊、留戀的一段青蔥歲月，我一直非常珍惜。已故中國現代文學巨匠巴金先生，青年時期在寫他的成名作「激流三部曲」《家》《春》《秋》時，提別在書後題了這樣一句話：「青春是美麗的東西，它一直是鼓舞我的源泉。」可見青春多麼值得我們珍惜。而我的青春正是與母校河婆中學緊緊地連結在一起的，我對她一直深情款款也就理所當然了。

每想起母校河婆中學，我首先會湧起的，是一股感恩之情，因為她賜給我的知識實在豐厚而珍貴。可不是？從初中三年到高中三年，在母校的六個寒暑，我們由純真少年，成長為充滿夢想的青年；由只會做加減乘除的算術，變為懂得了三角函數等中級數學；由只能寫六七百字的作文，磨練成可撰寫四五千字的文章⋯⋯這一心智上的成長期，既塑造了我們的性格、氣質，也為我們提供了可以立足社會的基本知識。有了這個基礎，有些人得以升讀大學繼續深造，成為專才，為社會、為國家發揮更大的貢獻；即使未能再升學，也有條件自修，不斷充實提高自己，在各自從事的行業發揮所學，繼續朝人生目標奮進，甚至創出佳績。

河中校園景觀的優美，是當時內地一般中學無法匹比的，它給代代學子提供了一個幽雅舒適的學習環境，我因此非常感佩上世紀二十年代後期，我們的鄉彥僑賢慧眼選

中了這個地方作校址，讓她蘊含背山（象山）靠水（榕江）之美，可以入詩入畫。猶記得當年活躍好動的我們，課餘時常愛跑上象山去，或坐在樹蔭下溫習功課；或沿著我們曾參與開築的環山跑道緩跑一圈；或登上山頂的烈士紀念亭，俯瞰山下波光閃爍的榕江，縱目四方，放飛夢想……

河中所以令我們刻骨銘心，最重要的當然是那些教導過我們的好老師。他們的音容笑貌，個性、氣質、學養和人格魅力，一直印刻在我們的腦海裡，每每影響著我們的一生。河中至今有近九十年的歷史，如果以每六年作為一代來計算，就已經有了十五代的學生，期間出現的老師起碼以數百上千計。而每一個學子相信都有他心儀或者印象特別深刻的老師。所以每次我們校友相聚，一談起當年的老師們，他們的言傳身教，對學生的關愛和奉獻精神，大家都會眉飛色舞，讚不絕口，當然我們的談資也包括他們一些比較特殊的舉止和趣事。

說起老師，我心目中出色而有個性的師長很多，例如教導主任陳弼民老師有次來代歷史課，他把《三國演義》中張飛在長板坡大喝一聲嚇退萬千曹軍的一段「人如山崩，馬似潮湧，曹軍自相踐踏，死者不計其數……」一口氣誦讀出來，聲情並茂，口才及記性之佳，令全班學生都為之擊掌折服，情景至今歷歷在目。高二時教我們物理的

那位徐姓中年女老師，來自北方，長得又漂亮，上課時滿口字正腔圓的京片子，抑揚頓挫，配以說話時淺淺含笑的迷人風采，整堂課全班同學的目光都為她所緊緊磁吸，鴉雀無聲。

還有在河中執教了數十年的張勾踐老師，我剛上中學讀初一時（1957年），適逢前蘇聯發射了人類第一顆人造衛星，轟動一時，校方特安排他給全校師生作報告，講解這顆衛星的運行原理。我當時雖聽不懂，但知道了這位老師的學問很好。後來同村的一位高年級學長告訴我有關這位老師的一件「逸事」：他曾給蘇聯一份高級物理雜誌嘗試解答一道公開徵求答案的難題，後來該雜誌給他回了一封信，信封上寫「中國廣東物理學家張勾踐先生收」；由於地址沒有寫詳細，廣東又這麼大，大家都不知道張勾踐為何許人。後來輾轉查來查去，才知道這位「物理學家」就是我們中學教高三物理的張老師，一時傳為美談。及至我讀高三時，自然有機會受到這位老師的親炙了，他教學的誠懇耐心、比喻的形象幽默給我的印象很深刻。記得有次他特別以物理學的角度提醒我們，來學校上象山那條有數十級石階的斜坡路時，最好以「之」之形行走，說這樣可以省些氣力，減少疲累。其實那時我們都是「少年十五二十時，步行奪得胡馬騎」的青少年，生龍活虎，只有精力過剩的份兒，哪有「疲累」兩字啊！至今想來仍覺得好

笑，但由此也可看出他對學生的關愛。

　　還要提及我最熟悉的黃兆熊老師，他與我同村，是祖叔輩，畢業於廣東高等師範（中山大學前身），1930年河中一創辦就成為第一代教師，此後一直視河中為家，沒有離開過母校；解放後他家被劃為地主後，他就一直住在學校裏，很少回家。他對教育的熱愛和深厚寶貴的教學經驗，為代代師生所津津樂道；然而他在「文革」時的不幸遭遇（不堪連場批鬥而自殺身亡），也帶給我無限嘆息唏噓……

　　編者將本書命名為《風華河中》，「風華」就是風采和才華，不但概括了河中的精神，也傾注了對母校的熱愛，並引以為榮為傲。事實上，河中值得我們讚頌是名副其實當之無愧的。翻開它的歷史，她既有光榮的傳統，也有不斷發展步步向上的朝氣和活力；她由創辦初期（1930年）只有初中兩個班及附小高年級兩個班，全校學生還不到百人，而後（1944年）增設了高中部，成為一所完全中學，1959年最高峰時全校接近兩千個學生；及至1984年，更一躍而成為一所純辦高中部的高級中學，2007年且成為廣東省國家級示範性普通高中，現時學生已逾五千人。校舍得到僑商捐資經大規模擴建後也更為宏偉堂皇，設備齊全，給河中提供了更大的發展空間。河中的不斷進步發展，亦可從它歷年高考屢創佳績反映出來，今年就有兩名

學生給北大和清華錄取。事實上，河中八十五年來培養的翹翹出眾的學生不知凡幾，他們遍佈神州大地甚至世界各國，在各個領域各展所長甚至創造輝煌，為祖國建設和世界文明進步作出貢獻，也為母校爭了光。

啊，風華河中，大展風華！

2015年10月8日

（本文為大型紀念文集《風華河中》之序文（四），原題為《喜見母校展風華》；該文集於2019年3月出版。）

讀《潮汕半山客》

　　客家人以廣東梅州（舊稱嘉應州）地區為中心，遍佈中國及世界各地，據說全世界有五、六千萬客家人。雖然各地客家人所講的客家話，在語音上會有差異，也有各自獨特的風俗習慣，但從這兩大方面都可看出客家人明顯保留著中原舊族的痕跡。晚清梅州著名詩人黃遵憲曾云：「方言（筆者按：指客家話）多古語，尤多古音。」章太炎也曾說：「客家語言敦古，風俗亦多存中原之舊。」所以客家話也被人喻為「古漢語活化石」。最近我在YouTube上聽了幾場世界級著名數學家丘成桐教授的演講和專訪，他是客家人，原籍廣東梅州蕉嶺縣，他說普通話時也常會不經意地漏出一些客家話音，讓我這個在香港生活了半個多世記、講起廣東話來仍不脫客家口音的人也禁不住會心微笑。

　　你聽說過「半山客」這個名稱嗎？最近整理書架，翻出一本《潮汕半山客》的專著，那是「潮汕歷史文化研究中心」2005年出版的，由貝聞喜、劉青山、李鐸三人聯

合編著，其中貝聞喜是我的同鄉文化界前輩，詩文甚有名聲，此書就是他當年持贈給我的；惟當時我俗務太忙，匆匆翻閱一遍就插在書架上，一晃過了好些年，現在趁著疫情肆虐窩在家裡正好仔細閱讀。

貝聞喜、劉青山、李鐸三人編著的《潮汕半山客》封面。

筆者以往也稍有涉獵一些有關客家人的論著，但專門論述所謂「半山客」的，倒沒有見過。正如蘇東坡詩所說「不識廬山真面目，只緣身在此山中」，我本身雖也屬「半山客」，卻對它認識不多，此書正好填補了此一空缺，讓我得以瞭解不少有關「半山客」的知識和珍聞。

客家民系是漢民族的一個支系，而「半山客」則是客家民系的一個分支。客家人祖先的遷徙，可追溯至晉朝末期（公元368年）皇室爆發「八王之亂」期間，匈奴、羯、氐、羌、鮮卑等少數民族乘機入侵中原，肆行殺戮擾亂，史稱「五胡亂華」，導致西晉滅亡，南遷建立東晉。在此期間，大批受摧殘的苦難民眾紛紛南逃，造成中國歷

史上前所未有的人口大遷徙。經過歷代多次流離轉徙後，這批漢人逐漸聚居於廣東東北和福建西北一帶。《潮汕半山客》如此指出：

「南遷的中原漢人的一部分，在先後遷到贛州、汀州過程中，與當地少數民族不同程度的融合，逐步形成客家民系。南宋前後，大量遷到梅州地區的客家人，進一步與畬族融合，形成最具客家人特徵的客家民系。主要從梅州地區遷來潮汕的客家人，與當地原居民的融合，特別與接壤而居的『福佬人』的融合，形成獨具特色的『半山客』。」

由此可知，「半山客」是經由三個大遷徙過程才漸漸形成的：第一階段，即南遷的中原漢人的一部分輾轉抵達江西贛州和福建汀州後，逐步形成了「客家民系」；這個過程相當漫長，歷經東晉、南北朝、隋、唐、五代和北宋，約800年。第二階段是南宋前後，大量客家人遷至廣東梅州地區，包括今梅縣、紫金、興寧、五華、蕉嶺、河源、饒平、大埔等縣，與居於當地的畬族結合，形成了「最具客家人特徵」的客家民系。第三階段是從梅州地區遷至潮汕地區的客家人，與當地的「福佬人」融合，這就是所謂的「半山客」了。簡言之，「半山客」指的是居住於潮汕地區的客家人，總數大概有140萬。他們大都聚居於鳳凰山區、大北山區、南陽山區、大南山區的半山區地帶。這些地帶東北面與梅州客家區接壤，西南面則跟潮汕

平原相連。據說,「福佬人」(潮州人)比「半山客」早約一千年即已聚居於潮汕平原地帶,那是最為肥沃富庶的地區。筆者認為梅州客家人當年是向潮州地區「擴散」下才形成了「半山客」的,因他們屬於後來者,只能在山區或半山區找到生存和發展的空間,生活條件當然比較艱辛。

潮汕地區除澄海、南澳兩縣是清一色的潮州人外,其餘各縣都有數量不等的「半山客」。按此書出版時(2005年)的統計數字,「半山客」以潮汕西北部與梅州五華接壤的揭西縣最為集中,有38萬之眾;其次是普寧市,約有30萬;再次是豐順縣,約21萬;然後是饒平縣,近17萬……

《潮汕半山客》全書約18萬字,資料非常豐富,包括:源流、方言、熟語、生活習慣、信仰與崇拜、經濟活動、教育事業、文學藝術、文體活動、名人小傳等12章。筆者的故鄉是潮汕半山客最為集中的地區——揭西縣,全縣約有四成人口是「半山客」。我的故鄉詳址為潮汕揭陽市、揭西縣、河婆鎮、馬頭村,此書亦讓我追尋到先祖的遷徙過程:由湖北黃崗——福建建寧——寧化——上杭——廣東大埔——饒平——1620年(明萬曆四十八年至天啟元年)才遷到馬頭村,可見遷徙的路途也甚為漫長曲折。至於先祖是於中原何地、何時遷至湖北黃崗,那就無從稽考了。而我出生和成長的這個黃姓馬頭村,當時約2000人。據說此村以前住雜姓,村中尚殘留一幢頗具規

模的「何氏宗祠」，可以證明曾有相當數量的何姓族人住在此村。黃氏先祖300年前遷至此村後，雜姓人陸續搬走，才漸成清一色同宗黃姓族人。直至上世紀五十年代初社會變革，「土改」後才有少量外姓人遷來村中與黃氏宗親和穆共處。

寫於2022-5-28

（原載香港《城市文藝》，2022年8月號）

讀巴金《創作回憶錄》

在家居會所閱覽室的書架上，偶然發現了巴金的《創作回憶錄》一書，不禁心頭一喜，立即抽出來細看。這本書由三聯書店香港分店於1981年9月出版發行，雖然看起來是薄薄的108頁小冊子，但內文字體排得較小，密密麻麻，粗略計算一下，每頁都有近850字，這樣全書也就有9萬字左右了。

我自高小至初中的少年時期，就讀了巴金的「激流三部曲」：《家》、《春》、《秋》，當時讀得很入迷，覺得巴金的文字很有感情，因而喜愛上這位作家，隨後又讀了多部他的其它作品，深受他的影響。這本《創作回憶錄》我以往一直未聽聞過，大概是屋苑住客閱後放置於會所閱覽室書架上，所以讓我一見到就如獲至寶。

巴金在「文革」後忙於寫《隨想錄》等文章，為何又會寫起《創作回憶錄》來呢？原來，香港《文匯報》為了慶祝創刊三十周年出版紀念文集，特向巴金約稿，他便答應寫一組「創作回憶錄」（看來，這大概是他早就醞釀好

要寫的題材）。1978 年 7 月中旬開始寫第一篇，至 1980 年 12 月下旬最後一篇結束，一共寫了十一篇；另加上一篇 1980 年 4 月 4 日他在日本東京朝日講堂講演會上的講話〈文學生活五十年〉，放於書前作「代序」，總共十二篇，構成了這本《創作回憶錄》，幾乎涵蓋了巴金全部小說的創作背景和過程。

《創作回憶錄》封面。此書 1980 年出版。

巴金有很強的敘事能力，行文如同流水行雲。正如他自己在書的〈後記〉所說：「我寫文章從來沒有計劃，想到哪裡寫到哪裡。但我給這十一篇〈回憶〉劃了一個範圍，讓一次的回憶圍繞著一部作品進行。不過我的筆有時會像一匹野馬，跑起來很難把它拉住。」

巴金在日本東京講演會上深情地說，他是一個不善於講話的人，「唯其不善於講話，有思想表達不出，有感情無法傾吐，我才不得不求助於紙筆，讓在我心上燃燒的火噴出來，於是我寫了小說。」為什麼他能寫小說？因為他

從小就喜歡讀小說，拿它來作消遣，有時甚至讀得廢寢忘食。

巴金23歲時從上海去到人地生疏的巴黎，在法國學會了寫小說，他說他的老師就是盧騷、雨果、左拉和羅曼羅蘭。他說：「我學到的是把寫作和生活融合在一起，把作家和人融合在一起。」除了上述的法國老師，他還有俄國老師亞‧赫爾岑、屠格涅夫、托爾斯泰和高爾基；還有英國老師狄更斯；日本老師夏日漱石、田山花袋、芥川龍之介、武者小路實篤、島武郎以及中國的魯迅。他讀這些作家的小說，向這些作家吸收寫作營養，但他說他最主要的一位老師還是生活——中國社會的生活。由此可以看出，一個出色作家的誕生絕非偶然，而是經歷了多方努力學習和不懈磨練的過程。

巴金的處女作《滅亡》是中篇小說，於1928年8月在法國完成，他把它寄給一個在上海開明書店工作的朋友。迨這年年底他回到上海，朋友就告訴他該小說將會在葉聖陶主編的《小說月報》上刊出。結果巴金這部小說於1929年在《小說月報》上連載四期，單行本於同年九月出版。由於《小說月報》當時是一種權威雜誌，巴金的處女作能在此刊發表，因而讓他順利登上了文壇。

巴金出身於四川成都一個官僚地主的大家庭，他說他「在二三十個所謂『上等人』和二三十個所謂『下等人』

中間度過了我的童年，在富裕的環境裡我接觸了聽差、轎夫們的悲慘生活，在偽善、自私的長輩們的壓力下，我聽到年輕生命的痛苦呻吟。……我把這個大家庭當作專制的王國，我坐在舊禮教的監牢裡，眼看著許多親近的人在那裡掙扎，受苦，沒有青春，沒有幸福，終於慘痛地死亡。他們都是被腐朽的封建道德、傳統觀念和兩三個人一時的任性殺死的。我離開舊家庭就像摔掉一個可怕的黑影。………」（見巴金〈文學生活五十年〉）

上引的這段話，應該就是巴金所說的他寫小說「最主要的一位老師還是生活——在中國的生活」的重要方面，也是催生了他的成名作「激流三部曲：《家》、《春》、《秋》」的具體背景。

其實，在巴金的《創作回憶錄》十一篇談他每一種小說寫作的過程裡，都有具體寫到他那段時期的生活，包括他的際遇和所思所想，當然還有作品的誕生經過和文壇的反應等等。這一切，自然無法在這裡一一介紹，只能留待對此有興趣的讀者，去找到該書細讀和品味。

巴金以提倡「講真話」而為人所稱道。在這本《創作回憶錄》裡，我也發現了不少「講真話」的片段，令人為之莞薾。例如在正文第十篇的〈關於《激流》〉裡，巴金提到以下一件事：

「……一位美籍華裔女作家三年前對我說：『你的

《家》不行，寫戀愛也不像，那個時候你還沒有結婚。』我當時回答她：『你飛過太平洋來看朋友，我應當感謝你的好意，我不是來跟你吵架的。』我笑了。我還聽見人講《家》有毛病，文學技巧不高，在小說中作者有時站出來講話。我只有笑笑。」（見巴金《創作回憶錄》，P.80）

像這樣暴露自己短處、弱點的情事，敢於在書中坦露出來，可不是一般人都能做到的，非有敢「講真話」的勇氣不可，非常可貴。

此外，還有一點值得一議。就是巴金在《創作回憶錄》裡，不止一次有人（包括一些文藝界人士）提到他的《家》、《春》、《秋》等作品已經過時，沒有再印發行的價值。筆者的看法是文學作品是某一時代的反映，只有寫得是否成功、是否真實之分，沒有是否過時之別；如果說過時，蘭陵笑笑生的《金瓶梅》、曹雪芹的《紅樓夢》等名著，早就該塵封三尺了。

寫於 2023 年 1 月 5 日

格律之外

　　前些年香港立法會有一位議員，寫了一首七言八句的詩，聲稱是「七律」，並當眾誦讀出來，結果被有識者譏為「完全不懂律詩」。也有人寫了這類七言詩，但沒有特別標明是七律，卻被一位懂律詩的人指為「根本就不是那回事」。這兩種情形，前者可說是「獻醜」了，自討沒趣；後者呢？我認為寫詩者並沒有錯，而是那位批評者一下子就以律詩的要求視之，未免太「好為人師」了。為了這兩種現象，我曾請教過在大學教授詩詞的黃教授，他說只要你沒特別聲明寫的是律詩，你寫怎麼樣的詩作都可以。

　　我很愛讀寫得出色的格律詩（又稱「近體詩」），因為吟誦起來抑揚頓挫，和諧悅耳，韻味無窮；覺得擅寫這種詩的人，「能戴著腳鐐跳舞」（聞一多語），殊不簡單。但有些人卻把律詩濫用了或簡單化了，以為寫了一首七言八句（或五言八句）排列整齊的詩作就可稱為「七律」（或五律），這種現象有時甚至出現在某些甚為可觀的書籍上。著名語言學家王力就曾說：「……我們學寫舊體詩詞，

就應該以格律為準繩，而不能以突破束縛為藉口，完全不講韻律和平仄。如果寫出一種沒有格律的『律詩』，那就名實不符了。」（見王力《詩詞格律》，P.132，中華書局）

我自己在欣賞出色的格律詩之餘，雖然也曾多次嘗試吟寫，卻始終覺得關山難越，束縛重重，難以達標；另外，也覺得如果刻意去追求符合格律，又往往淪於雕琢過甚，矯揉造作，不自然之外，亦失卻真趣。所以我自認無法寫出符合標準的格律詩，技拙之下只好退而求其次，寫自己心目中的五言、七言體「新詩」。

其實，早在幾十年前就有偉人名家不主張青年人學寫格律詩了。1957年，發表了不少格律詩詞的毛澤東，認為格律「這種體裁束縛思想，又不易學」，「不宜在青年中提倡」（〈關於詩的一封信〉，見《詩刊》1957年第一期），因而號召青年人寫新詩，多向民歌學習。魯迅也鼓勵人們寫新詩，他說：「新詩先要有節調」，「有形式，要易記，易懂，易唱，動聽，但格式不要太嚴。要有韻，但不必依舊詩韻，只要順口就好」。（見《魯迅書信集》下卷 P.655、P.883）。

綜觀新文學運動以來逾百年的中國詩壇，寫新詩（含現代詩）早已蔚為主流，出現的佳作也爭妍鬥麗，異彩紛呈。而關於新詩格律的倡議和探討，亦曾熱鬧一時（筆者曾於1975年前後，在徐速主編的《當代文藝》上發表過

〈也談新詩格律的主張〉一文，對有關的探討作過綜述）；但此後卻很少見到有人創造出被公眾認同、且又被人們樂於採用的新形式來；同時，有些新詩的散文化（被指為散文的分行排列），或被人批評為看不懂、不知寫些甚麼的「密碼詩」之類的事例卻並不少見，這的確值得我們反思。

說來，寫七言八句或四句，五言八句或四句，排列整齊、富民歌風又有中國民族特色的詩歌，其實在我們民間已相當普遍，這類詩歌表面看來也頗符魯迅所說的新詩特色，且不乏出色之作，但為什麼大部份都沒受到重視呢？我認為主要原因是有識之士覺得它既非律詩就不足觀，成見已深所致。此外，有些寫得太俚俗，流於順口溜或打油詩之類，也影響了人們對這類詩的觀感。

說回格律詩，其的確有不少特別要求，最核心的要求就是講究平仄，而最大的難關亦在平仄。律詩講究平仄的目的，當然是為了吟誦，所以有「吟安一個字，撚斷幾莖鬚」之句。今人的詩作則相反，形式多是自由奔放不受拘束的，除了朗誦詩，一般都用來閱讀，因而大可不必追求平仄，當然音節的和諧響亮還是要注重的。那麼，我們降低甚至消除律詩的某些嚴苛要求，例如平仄、依舊詩韻等；而學習它的一些可貴優點，例如字句整齊、文辭典雅、押韻和對仗等，朝這些方向寫另一種五言或七言「新詩」，可否達致如魯迅所要求的「有形式」呢？

　　我心目中的這種「新詩」形式，可像律詩那樣五言或七言，四行、八行或更多行（像排律）都行，雙數行押普通話韻，注重錘煉字句（不提倡用典，尤其是較奧僻的典），講究順口可誦，有點民歌風但又不失典雅。這種「新詩」由於要求放寬了，就不致讓人望而生畏，覺得高不可攀而不敢下筆；又可避免因過份自由無約束而致鬆鬆垮垮或散文化的弊病。這種「新詩」，寫者可按各自的能耐提升它的難度和境界，譬如，不妨像律詩那樣，在第三與第四，第五與第六句等處對仗等；也就是說，即使要戴腳鐐，亦可重可輕。這樣，或許可把很多有寫這類詩潛質和興趣的人釋放出來，大寫其作品了。久而久之，蔚然成風，形式便可漸漸成形，名稱或乾脆稱之為「新五言詩」或「新七言詩」，讓即使擅寫格律詩的人，也不會先入為主地以格律詩的標準而對它妄加議評。

　　上述只是我個人的芻蕘之見。筆者並非提倡寫這種詩，只是認為它也應是詩的一種形式，從而給愛好律詩而自己寫起來又難於達標者提供另一條「出路」。以下試作幾首我自己心目中的這種「新詩」，稚拙難免，請方家包涵——

二胡頌

胡琴天生兩條弦，無窮奧妙蘊指端。

天華空山傳鳥語，阿炳二泉月嗚咽；

惠芬江河水泣訴，國潼草原奮揚鞭；

江南春色遊人醉，山村變樣鄉民歡；

戰馬奔騰勢磅礴，三峽暢想浮聯翩。

大師名曲難盡數，繞樑樂韻娛人間。

註：詩中提及的二胡作曲家和演奏家及其名曲有：劉天華《空山鳥語》、阿炳《二泉映月》、閔惠芬（演奏）《江河水》、王國潼《奔馳在千里草原》、朱昌耀《江南春色》、曾加慶《山村變了樣》、陳耀星《戰馬奔騰》、劉文金《三門峽暢想曲》……

龍　園

家居樓下有一仿蘇州圍林建築，名曰「龍園」，位於天水圍嘉湖山莊美湖居、麗湖居和景湖居三個以品字形矗立的屋苑中間，頗有特色，吸引了不少遊人參觀，因以小詩詠之——

龍園亭榭仿江南，柳絮拂波現朱欄。

錦鯉戲逐逞雀躍，水車悠轉顯優閒。

遊人拍照飄笑語，運客健身展歡顏。

家居勝景好去處，晨昏涉足滌塵煩。

獻給母校——河婆中學

象山蒼蒼榕水悠，河中美景不勝收。

鄉賢創校留佳話，學子成材遍神州。

師生攜手齊奮發，德智兼美爭一流。
校史榮光添新頁，風華綻放耀千秋。

　　　　寫於 2019 年校慶前夕

太極拳讚

吾喜太極拳，結緣三十年。
心靜擯煩擾，體鬆自悠閒。
摟膝挺軀幹，拗步壯骨盤。
蹬腳舒經絡，展掌平膽肝。
意定氣血暢，神寧臟腑安。
穩定高血壓，緩解鼻竇炎。
枕上得酣夢，身輕多歡顏。
此藝朝朝練，健康日日前。

　　　　作於 2022 年 8 月 6 日

新冠肆虐全球

　　據 2021 年 2 月 17 日香港商業電台早上新聞報告：美國約翰金斯大學統計，全球已有一億零九百萬人染疫，逾一百萬人喪生，可見疫情非常嚴峻。

新冠肆虐捲宇寰，逾億中招百萬殘。
病毒兇猛誠可畏，全民奮起齊迎戰。
戴罩限聚加檢測，洗手消毒嚴防範。

幸喜針苗顯威力，人人接種莫遲延。

八十感懷

八十春秋彈指間，往事歷歷非雲煙。

展翅南飛開前景，奮發香江得機緣。

創業出版迷書冊，追夢寫作戀稿箋。

勤誠可酬平生願，晚晴太極加胡弦。

寫於 2022 年 9 月 28 日

（本文原載《城市文藝》2022 年 12 月號）

本書著者在「龍園」打太極。

本書著者按：以下三篇文字乃本人當年任職邵氏編纂員期間，發表於《南國電影》與《香港影畫》兩雜誌之作。讀者從中可一窺當時香港影壇的概貌及本人撰文的格調，以作本書《邵氏影城工作十年漫憶》的補充和參照。

噱頭、暴力、色情都在升級

〔原載《南國電影》第220期，1976年6月出版〕

放眼今日的影壇，盡是暴力與色情的天下。到底有什麼法子可以改變這種局面呢？相信即使是諸葛亮再世，也拿不出良方來。

影圈裏某些有心人士，頗有力挽狂瀾的雄心，希望通過一些製作認真、內容健康的影片去贏得票房，但結果還是遭到觀眾「遺棄」，真教人為之搖頭嘆息。

例如金漢、凌波夫婦苦心拍攝的《十字路口》，五月中旬終於在香港上映了。但正式上映才六天，便告敗下陣來，票房總收入僅得三十二萬八千四百多港元。有人說：這已經算不錯了，總比那些收十多二十萬的好得多！

這自然是風涼話。但作為一個獨立製片公司，自己將辛苦積攢下來的錢拿出來拍戲，所得的票房僅是這三十幾萬，試問：除了跟院商分賬和宣傳廣告費等等之外，自己又能淨得多少？

我不知道這部戲投資了多少，也不知道外埠的版權能賣得多少，但知道觀眾對這部戲作如此的反應，那是對熱心拍純正電影的人當頭撥了一盆冷水。

誰能扭轉國片局面？

這是由於《十字路口》粗製濫造嗎？一萬個也不是，反而拍得極認真，也頗能「賺人眼淚」，很多影評都讚好之外，甚至有些報紙副刊的專欄作家也為之捧場。

那麼，原因出在哪裏呢？答案只有一個：不跟潮流，即不合香港一般觀眾的胃口——太純正了，沒有東西看。

這年頭，拍戲要想賺錢，就得腦筋動得快，出噱頭（即弄花樣）、弄暴力、搞色情，以「迎合」觀眾的「胃口」，讓他們的「欣賞慾」獲得真正的痛快和滿足。於是乎，噱頭越出越多，越出越奇；暴露越來越大膽，越多花樣；暴力也越來越強烈，打鬥真拳實招，拳拳到肉，一點也不花假含糊。

結果，噱頭在升級！暴力在升級！色情也在升級！大家競出花樣出奇制勝。

在這種情形下，我們不難發覺到，最能叫座的影片，都是「噱頭」片；外國片《驅魔人》、《火燒摩天樓》、《大白鯊》是如此，我們的神秘殺人武器片《血滴子》，怪異恐怖片《降頭》等等，也都是如此。

目前國片出得最多的「噱頭」，是在「殺人武器」和「武林功夫」方面。自從邵氏何夢華執導的《血滴子》，在香港、台灣、星馬甚至其它國際影壇威盡一時後，跟著而來的便有台灣導演拍的《獨臂拳王大破血滴子》，也有邵氏程剛的《連環血滴子》。《少林寺十八銅人》上映後（輿論甚差賣座極好），就跟拍《雍正大破十八銅人》，還有人拍《少林寺十八羅漢》。此外，據說正有人綜合「銅人」和「血滴子」的噱頭，準備拍一部《十八銅人大破血滴子》。

各出噱頭緊跟潮流

至於少林武功方面，張徹、劉家良等導演，為了增加打鬥的刺激感甚至血腥味，都在朝真實的拳腳方面用足腦筋，各逞其能。真是各出奇謀，各擅勝場，「噱頭」爭相出籠，熱鬧非凡。到底誰個真正能在賣座方面如願以償，那就要視乎其「噱頭」是否真正能獲觀眾的青睞了。

其實，不只是暴力，色情方面也在大出「噱頭」，以帶給觀眾更大的過癮。五月中旬，香港上映了一部色情片

《官人，我要！》，開畫的頭一天，星期四，本為票房的淡期，但一天的賣座便高達十八萬多，加上兩個午夜場，已達三十多萬，幾乎等於前述那部《十字路口》的全部收入，來勢可謂極猛。本文執筆時，此片仍在上映中，無從得知日後總的票房紀錄，但可以預見的是，這部色情片將有一個相當令人滿意的賣座數字。

據看過《官人，我要！》的人說，此片確比以往的色情片更有看頭，好些方面確實如其廣告所言：「金瓶梅，唔係個皮！艾曼妞，企埋一邊！」

看來，色情片要能繼續吸引觀眾，自不免要走一條愈來愈鹹的路子，否則，觀眾又會覺得索然無「味」了。

這種情形，又不免使我聯想到香港不久前上映的《色香味》（邵氏出品，羅臻導演）。這部影片確是有色有香也有味，如果在一年前推出上映，包保戲院「爆棚」，但在月前推出時，賣座僅屬中等而已。原因在哪裏？就是因為它像羅臻本人那樣，還是「斯文」了一點，拘謹含蓄了一點；在今日色情片越來越鹹、越來越「抵死」的情形下，它就顯得不夠「色」、不夠「香」也不夠「味」了。

暴力加強步步升級

我們國片的「暴力」意識，自六十年代中期的刀劍武俠片興起後，便開始出現了。隨後步步升級，暴力色彩越

來越強烈,拍「動作片」的導演,一個個爭相把激烈打鬥動作變本加厲,甚至把血腥味、恐怖感也渲染得令人怵目驚心。

不妨看看這種步步升級的軌跡:從刀劍武俠片→拳拳到肉搏擊片→硬橋硬馬功夫片→黑社會火併「大開片」……

最近,邵氏青年導演桂治洪拍的《無法無天飛車黨》和華山執導的《江湖子弟》,都在「暴力」方面跨進了一大步。前者描述的是一班以飛車來尋求刺激發洩的阿飛的行徑,其近乎瘋狂的「無法無天」行為,真是驚心動魄,令人血脈賁張,在刺激人體官能方面可說是大大邁進了一步。

至於華山的《江湖子弟》,少年子弟江湖老,寫的是香港黑社會之間的明爭暗鬥,簡直就是中國式的《教父》。其不少「開片」打鬥場面簡直可用「血花四濺」、「血肉橫飛」來形容,其刺激感比起桂治洪這兩年拍的幾部「寫實片」來,真是有過之而無不及。

其實,像上述所指的「暴力升級」,乃是整個香港影壇的發展趨勢,不特電影如此,甚至以「純正可入家庭」的電視也是如此。例如五月份香港電視上所出現的「CID」節目,有影評人甚至說它的「暴力」意識,比某些「兒童不宜」的電影還要嚴重呢!電視如此,那就遑論電影了。

(本文當年在《南國電影》發表時,筆名署「南雁」。)

「寫實電影」可為嗎?

〔原載《南國電影》1976年8月號（總第222期）〕

　　今日的香港影壇，有人對「風月題材」拍得津津有味；也有人對「少林功夫」拍得幹勁沖天；另有人則對「社會寫實」拍得不亦樂乎……正是各摸門徑，各擅勝場。對觀眾來說，這自然是喜聞樂見的好事，因為有更多機會欣賞到各種類型的好影片。

　　說到拍攝「社會寫實」電影，這是最近一二年來才盛行的事。如果要具體說來，就是當桂治洪拍了《憤怒青年》一片後，才揭開其序幕；及至他完成了《成記茶樓》和《大哥成》後，「寫實電影」便在影壇形成了一股潮流，很多導演都在這方面進行嘗試並取得成績，例如吳思遠的《廉政風暴》，孫仲的《毒后秘史》（又名《紅粉煞星》），華山的《江湖子弟》等片，都有一定的影響力，甚至叫好又叫座。

　　從上述幾部較出色的影片看來，我們也可以發覺到：「寫實電影」拍得最好的都是一些少壯派導演，他們的年

齡大都沒有超過四十歲。因此，我們也可以這麼說：
「『寫實電影』是少壯派導演的用武之地。」

這是有原因的。因為「寫實電影」不但要逼真地反映現實，還須敢於針對社會問題，針砭時弊，有稜有角，具備強烈的衝擊力。拍這樣的影片，自然是富朝氣、有衝勁的「血氣方剛」的青年導演比較有所作為了。

「寫實電影」須面對社會現實

其實，所謂「寫實電影」，範圍是很廣泛的，很多小說都可以拍成此類影片。祇是我們這裏所說的「寫實電影」，是專指以香港現實社會、現實生活為背景，且又能真實反映現實事件那一類影片。除上述所列舉的那幾部香港影片外，西片的《猛龍怪客》、《勢不兩立》也應該屬於這一類型。從近年來香港所出現的一些「寫實電影」看來，大致可以分為兩大類型：

第一類是「奇案」式的「寫實」影片。例如邵氏出品的《香港奇案》、《兇殺》（「香港奇案」之二）和年前放映的《天網》等片就是。這類影片把近二十年來香港發生的特殊兇殺事件，較真實地搬上銀幕，它的情節並不需要編導者怎麼去渲染誇張，就已經夠得令觀眾怵目驚心了，因為事件本身已夠兇險「奇詭」；同時，編導也無需怎麼滲入主觀意識，就已經可以收到一定的「警世」效果，因

為那些奇案發生的前因後果，原就有撼人心魂的力量。

　　第二類是編導者根據現實人物和事件所「編」出來的故事。它的人物使人覺得呼之欲出，事件也讓人覺得跟現實生活息息相關。例如桂治洪的《成記茶樓》、吳思遠的《廉政風暴》、華山的《江湖子弟》等片，就應該屬於這一類。這類影片往往以能提出一些跟廣大觀眾密切相關的社會問題，使人覺得真實之外又有「切膚之痛」，因而獲得了強烈的共鳴。

　　「寫實影片」由於取材於現實，步調跟廣大觀眾比較合拍，因而容易為觀眾所接受。但這類影片為何又沒有像風月片、功夫片那樣，形成一窩蜂的搶拍局面呢？原因除了其火爆的格調難於處理得好之外，也跟題材難找或又難於通過電檢有關。

　　不時聽到有些導演慨嘆好劇本難求，這當然是事實，而出色的「寫實」題材更是難乎其難了。據筆者觀察，桂治洪的《成記茶樓》和《大哥成》，華山的《江湖子弟》這三部甚獲好評的「寫實」影片，都是改編自名作家江之南的香港社會奇情小說，而類似這種富香港現實意味和戲劇性的小說，在我們的文藝界又實在少之又少（卿卿我我的「愛情小說」則多得很）。真正出於創作的比較成功的劇本，也祇有孫仲的《毒后祕史》、《沙膽英》和吳思遠的《廉政風暴》等寥寥幾部。

影片的成敗是立竿見影的。近年在「寫實影片」受看好的時際，影壇上也出現過一些以「寫實」作標榜的「冒牌貨」，但都莫不落得個「慘淡收場」的結局，可見觀眾對這類影片的質素有嚴格要求；即是說，如果題材沒有現實意味，拍得又不夠真實感，就一定會為觀眾所厭棄，製作者一點也投機蒙混不得。

最大難關是電影檢查

說到要將「寫實電影」拍得逼真，帶給觀眾感同身受的氣氛，這無疑是導演面對的最大挑戰。因為這類電影如果欠缺了真實感，就等於沒有了血肉。而要達致真實感，又是談何容易的事！一方面，它需要大量利用實景去拍攝。表面看來，拍實景就像是拍紀錄片，並不太難，但要清場（意指圍觀的觀眾），使實景融和在劇情中，就夠得你去多方張羅、煞費苦心了。另方面，每個細節都要特別講究，例如黑社會的入會儀式、懲誡二五仔等，都有特殊的方式，如果失實，就會給識者貼笑大方。

但是否處理得真實就諸事大吉了呢？最近上映的《江湖子弟》一片，觀眾都大讚它對黑社會的內情表現得很真實。其實，這種真實就是我們一直關注的黑社會問題。雖然這些問題並非無中生有，而且還能引起觀眾共鳴，大快人心；但在電檢人員眼中，卻有諸多忌諱，因而有些鏡頭

會遭到刪剪，甚至整部電影遭到禁映的事例也發生過。

據筆者所知，桂治洪導演的那幾部「寫實電影」，就曾有過被刪剪或不能通過電檢的際遇。例如他的《大哥成》一片，描寫大哥成這位「都市英雄」勇於對付罪惡；且在法律對犯罪者寬容（如廢除死刑）的情況下，促使他與某些正義市民只好另行「執法」懲誡歹徒。這本來是很有意思並符合大眾願望的行動，但電檢處卻不允許這樣處理，因為這與現行法律相悖。結果桂治洪只好「委曲求全」，在影片的結尾說大哥成原就是警方的密探。但加了這一蛇足之後，觀眾便不接受了，影片放映至該處時，戲院內頓時響起一陣開汽水之聲：噓——！

所以，拍「寫實電影」的導演，都有一種矛盾的心情：一方面希望將影片拍得真正有寫實意味，做到有的放矢；另方面若放手這樣做，又擔心會難獲電檢處通過。雖然如此，導演桂治洪認為如果要拍「寫實電影」，就不應該束手束腳，畏首畏尾，以致扭曲現實；不然，乾脆不拍算了，以免弄得不倫不類。

少壯導演闖出天下

說到「寫實電影」的拍攝技術技巧，上述提及的那幾位「少壯派」導演，都在創新方面各有表現。這裡且舉出桂治洪、孫仲和華山三人為例。

　　桂治洪的代表作《大哥成》和《成記茶樓》，都比較尖銳地針對了香港現實社會中的犯罪問題，感情比較鮮明強烈。為此，他的表現手法也很有獨特風格，喜歡使用強烈的推拉鏡頭，配合大特寫、廣角鏡的巧妙使用，使影片的鏡頭非常衝動，有助於影片情調的加強。同時，他對西片的拍攝技巧也善於吸收，且運用得很巧妙，讓人嘆服。這方面，他的另一部「社會寫實」新作《無法無天飛車黨》表現得尤為明顯。

　　至於孫仲，以往一直注重拍喜劇，但自從拍了《毒后秘史》一片後，也對拍「寫實電影」滿懷興致，並有突出的表現。他的《毒后秘史》曾被影評人譽為可以跟森畢京的《亡命大煞星》相媲美。拍這部影片時，為了突出逼真感，他除了大量採用實景外，很多場面他還以多架攝影機從不同角度拍攝。此外，他對演員的要求也特別嚴格，例如在他剛開拍的寫實新作《以毒攻毒》中，有一組鏡頭是拍陳萍先從高空跳下，待炸彈未爆炸前的刹那，再躍入水中的驚險場面。這種鏡頭的難拍可以想見，因為時間要配合得恰到好處才行，陳萍跳得太早或太遲都要吃 NG。結果一連拍了十幾次才過關，累得陳萍眼淚都流了出來，孫仲因而也被娛記形容為「收買人命」。

　　由於「寫實影片」的題材一般都比較突銳地涉及現實社會問題，如犯罪問題、黑社會問題等等，往往會揭露很

多社會暗角的黑幕，包括黑社會的入會儀式、特殊術語等等細節。為了使「內行」人也覺得這些細節拍得真實，有說服力，華山拍《江湖子弟》時，特地請了一位黑社會「頂爺」來作顧問，其認真態度可見一斑，也是該片獲得成功的重要原因。他也坦承說：「如果我憑主觀想像泛泛去拍，不但影片會大大遜色，說不定還會留下不少笑柄。」

　　總之，「寫實影片」不易拍，一方面好題材難求；另方面在拍攝技術技巧上，也要導演多絞腦汁，多出花樣；演員也須多冒一些險，多付一些代價，以換取觀眾對它所要求的「真實」。

李翰祥談拍《紅樓夢》

〔原載《香港影畫》第143期，1977年11月出版〕

曹雪芹天縱絕才，讓《紅樓夢》這部小說，成了震古爍今的傑構。

現在，李翰祥把這部鉅著改編成電影，很多人都說，這必定是一部不同凡響的影片。

說這種話的人，並非沒有根據。因為以李翰祥的才華，加上他以往拍古裝歌唱片的出色表現，配以林青霞、張艾嘉、狄波拉、胡錦、米雪……這些一流演員所組成的陣容，以及邵氏所提供的雄厚財力物力，早已預示著這部影片的特殊份量了。

強勁陣容先聲奪人

《紅樓夢》是一部洋洋鉅著，出場的人物就有四百多人，情節之錯綜複雜，又「草蛇灰線，伏脈千里」。李翰祥把它搬上銀幕，要在短短一個多鐘頭內體現它的精髓，是如何入手的呢？賈寶玉、林黛玉和薛寶釵三者之間的悲

劇意蘊，李翰祥處理起來，又有甚麼獨持的意念呢？還有，《紅樓夢》早就有人拍過、且拍過多次了，李翰祥這次拍它，我們有理由相信他會有重大突破，可以自為一格，那他的處理手法又有哪些不同呢？……這些都是我早就想知道的問題，希望能從他的口中找得答案。

然而，好幾次去到廠棚裡，見到李導演為著這部令人矚目的製作，正忙得不亦樂乎：或與佈景師在研究搭景，或跟服裝師在商量服裝，或指導演員表演某種神態，或觀察鏡頭的拍攝角度，要不，就是坐在閉路電視機前，觀看攝影機傳來的剛拍攝的鏡頭……。每次看到他沉醉在一部非凡製作中的奇特表情，我都不敢輕易去叨擾他，彷彿是怕自己稍有冒失，就會碰損一點《紅樓夢》的光華似的。

終於有一天──十月中旬的一個下午，有「情報」說李翰祥正在剪接室剪《紅樓夢》（他一向愛親自剪接自己拍的影片），我認為良機勿失，立即前去「突襲」，果然成功。由於彼此熟悉，我們很快就進入話題。

望著剪接機小屏幕上所出現的一個個無聲畫面，我首先問李大導：「聽說這部《紅樓夢》電影是你自己編劇的，是嗎？」

李翰祥一笑：「原著是曹雪芹。」停了一下，又說：「我的戲很少由他人編劇，都是自己寫。」

他特別先強調「曹雪芹」這個原著者，似乎是表示即

使是他自己編劇，也不敢掠曹雪芹之美的意思。

「那麼，你這部電影《紅樓夢》，大致從哪兒拍起，到哪兒結束呢？」

「都是跟以前的差不多，從林黛玉進榮國府起，到賈寶玉出家結束，原著本來就是這個樣子嘛，只是各人的處理方式不同而已。」李翰祥又剪斷一段菲林，駁好，接著說：「本來，《紅樓夢》可以有多種拍法，例如我可以拍其中一段故事，但如果漏了林黛玉或薛寶釵等某些主要人物，相信觀眾又會說這說那，很難接受。為了觀眾著想，情節上我還是大致按寶、黛、釵的愛情發展作線索，這比較接近原著的大概輪廓。」

仍是歌唱形式

「聽說你原計劃拍一部寫實的、而不是現在歌唱的《紅樓夢》？」

「嗯。」李翰祥沒有否認，並解釋道：「拍寫實的，也可說是文藝片的方式，而不是歌唱的形式，這本來就一直沒有人嘗試過，我原來也是打算用這種方式拍的，但想到有些很好的文藝片，觀眾都不喜歡看，尤其是香港觀眾，我就不想貿然嘗試了。那有什麼辦法呢？」

李翰祥露出一絲無奈的笑意。這使我不期然聯想到他當年拍的那部叫好卻不叫座的文藝片《冬暖》，拍得多麼

好啊！但……

「現在你這部《紅樓夢》是屬於歌唱形式的，那是甚麼曲調呢？」我問。

「不是黃梅調，也不是粵曲，我也不知道該叫它作甚麼調才好……」

我立即笑道：「這不必賣關子吧！」

「不是賣關子，我真不知道該叫它甚麼才恰當。」李翰祥笑起來，伸手拿起另一卷膠片，看了看，說：「嗯，這一卷剛好是有聲帶的，你聽聽吧！」

李翰祥隨即把膠片裝在機上，小屏幕上出現了張艾嘉所飾演的林黛玉，荷花鋤、攜花帚走出瀟湘館的情景。她一邊在花樹間穿行，一邊深情地唱起來——

> 花謝花飛飛滿天，紅銷香斷有誰憐？
>
> 遊絲軟繫飄春樹，落絮輕沾撲繡簾。
>
> ....
>
> 試看春殘花漸落，便是紅顏老去時，
>
> 一朝春盡紅顏老，花落人亡兩不知！

哦，這可不是著名的〈葬花辭〉嗎？在張艾嘉那富於憂傷、憐惜、感慨等多種感情的歌喉的演唱下（實際上是另由人幕後代唱），那麼動人心弦，那麼感人肺腑，令我不由心潮激盪起來，不禁衝口說：「真動聽！好久沒聽到這樣美的歌了。」

「是嗎?」李翰祥笑道:「我說不是粵曲,不是黃梅調,也不知該叫它甚麼調,沒有說錯吧?」

「嗯。」我點著頭連聲說:「很抒情,很有小調的味兒,清新,另有一格,好,好!」

李翰祥聽我麼說,當然很高興。他說,這部《紅樓夢》正式上映之前,片中的插曲很可能會先讓唱片公司給播放出來。「那些插曲是特別請著名音樂家王福齡譜曲,又特地拿到日本去收音的……」

「為甚麼要拿到日本去收音呢?」

「那邊的交響樂團完整,水準高,又快。」李翰祥說著,又指指屏幕上映出來的淚流滿面的張艾嘉,說:「你看,張艾嘉演得多棒!」

「愛情處理」與「婚姻處理」

「林黛玉這個人,照你的看法,是不是屬於怪癖一類的?」我順而向他提出這個問題。

李翰祥說:「曹雪芹在《紅樓夢》裡寫了很多不同類型、不同性格的女性,林黛玉只是其中的一類罷了。她會形成怪癖的性格,是有原因和出身背景的。她有過人的才華和絕代的美貌,這就產生了她的驕傲自尊,所以才會『孤高自喜,目無下塵』;但她父母雙亡,是以投靠親戚的身份來到賈家,這就不免使她有一份自卑心理。加上她這

個人的感情異常豐富，這樣，她便產生了倔強孤傲，容易感懷身世和狹隘、小心眼等等複雜的性格。」

「那麼，賈寶玉為何又會對這樣一個有病態的人，情有獨鍾，反而不喜歡言行得體、面面俱圓的薛寶釵呢？」

「這就是因為賈寶玉也是個很特殊的人。」李翰祥侃侃而談：「曹雪芹在《紅樓夢》第三回裡，就以兩首詞點出了賈寶玉的特殊所在，其中就說到他『潦倒不通庶務，愚頑怕讀文章；行為偏僻性乖張，哪管世人誹謗』。在當時的社會來說，賈寶玉是屬於具有叛逆性格的人，而特殊的生活環境又使他有機會在脂粉叢中打滾。他的『狂』、『癡』，很有點像今天的嬉皮士，當然，嬉皮士並非全是不對不好，有些也是很有才氣的。賈寶玉所以會喜歡林黛玉，正在於兩者有很多相通之處。本來，論才情論容貌，薛寶釵都不遜於林黛玉，而薛又溫柔敦厚，端莊典雅；在做人方面，面面俱圓，八面玲瓏，以世俗的眼光看來，她的條件當然比林黛玉好得多，這樣，賈母、王熙鳳等人施出了掉包計，造成一幕愛情悲劇，也就是必然的了。」

我說：「曹雪芹筆下的林黛玉和薛寶釵，彼此的性格真是相映成趣啊！」

「是呀！」李大導作了個有趣的比喻：「林黛玉是藝術家，薛寶釵是政治家；林黛玉與賈寶玉的關係是愛情的處理，薛寶釵與賈寶玉的關係是婚姻的處理。」

　　我又向李導演提出一個問題：「依你的看法，曹雪芹寫《紅樓夢》，對書中描繪的情景，他自己有沒有親身的經歷體驗呢？」

　　「這一定有的，要不怎麼能寫得那麼真實，那麼動人親切！」李翰祥以肯定的口吻說：「不過，如果說那是曹雪芹的自傳，我就不同意；至少，我以為這應該是他跟脂硯齋二人的合傳。」

　　「以前曾聽說你準備拍曹雪芹？」

　　「嗯，這部戲一定要拍的！」李翰祥點頭說：「不過，這樣的題材，可能比較難獲得普遍的歡迎。」

　　談到這裡，我不敢再打擾李導演剪片，就向他告辭了。

其人其文

開大陸作家評介風氣之先的黃南翔

古遠清

黃南翔（1943—　　），原名黃紀堯，筆名楊翼，廣東揭西人。1963年高中畢業後在家務農。1967年來港定居。先後在邵氏電影公司和香港無線電視台工作，並任復刊後的《當代文藝》總編輯。此外，獨資創辦奔馬出版社和當代文藝出版社。他的作品以散文為主，著有《遊子情懷錄》（香港，高原出版社1978年版）、《生命的迴響》（香港，士林書屋1980年版）等。還有數種歷史掌故的專集。評論集有《當代中國大陸作家評介》（香港，高原出版社，1979年4月版）。

這本評介當代中國大陸作家的集子，計30篇，其評介楊沫、浩然、劉紹棠、孔厥與袁靜、李季、陳其通、秦兆陽、馮德英、賀敬之、李希凡、劉白羽、康濯、柳青、曲波、趙樹理、杜鵬程、郭小川、吳強、陳登科、孫犁、胡萬春、李准、阮章競、周立波、馬烽與西戎、聞捷、李英儒、梁斌、秦牧等30多位有代表性的作家。

　　「評介」最早寫於「文革」後期的 1975 年 3 月，大都發表在《當代文藝》「大陸作家剪影」專頁上。不同於該刊另一專頁「30 年代作家剪影」請數人擔任，此專欄由黃南翔（用筆名楊翼）一人撰述。那時文壇凋敝，滿目瘡痍。如何認識大陸文壇的真實面貌，這個任務迫切而繁重。加之海外許多似是而

《當代中國大陸作家評介》封面。此書1978年出版。

非的誤傳，更使大陸文壇問題變得極複雜。如何面對這一切，怎樣才能使大陸文壇真相展現在讀者面前，不使人們誤為大陸文壇只是一盤「爛賬」？黃南翔利用自己原先在大陸瞭解的情況和來港後收集的資料，在《當代文藝》月刊逐期向讀者報告大陸著名作家、評論家近況。其中有小說家、散文家，也有詩人；有的專談作品，有的兼及文藝觀的介紹；有的著重創作道路的勾勒，有的則著重分析其創作特色，有的還涉及其在「文革」中的遭遇。今天如果有人再談〈楊沫與《青春之歌》〉、〈柳青的三部長篇小說〉、〈李英儒的抗日題材小說〉，也許會認為毫無新意。

可是從黃南翔那裏最先瞭解到大陸作家動向的香港讀者，都會深知這些資料之寶貴，這些信息之新鮮，其中蘊含著作者多少艱辛的勞動。正由於黃南翔在香港開創了評介大陸作家的風氣，後來才有其他大陸評論家一串串長長的足跡。

在70年代後期，由於十年浩劫的影響，大部分海外讀者都認為大陸文壇一片荒蕪，談不上有什麼成就。且不說某些台灣學者認為「中華民國文學」（或曰台灣文學）才是中國文學的代表，就是香港著名新文學史家司馬長風也認為1949年以後的大陸文學屬「沉滯期」[1]。這種評價，實在抹殺了眾多大陸作家在「十七年」時期取得的文學成就。現在，黃南翔以曲波的《林海雪原》、柳青的《創業史》、杜鵬程的《保衛延安》、梁斌的《紅旗譜》為例，證明大陸文學在1949年後並沒有「沉滯」而是在前進。

當然，黃南翔並不認為大陸文學在「十七年」時期未遇到阻力。相反，他認為阻力還頗嚴重，如1957年反右鬥爭將有「神童作家」之稱的劉紹棠打了下去，1962年批判邵荃麟的「中間人物論」使趙樹理創作的積極性受到極大傷害。黃南翔看到了政治干預文藝的惡果，但他並不由此否定大陸文學新人輩出、佳作不斷湧現的狀況，這體現了他的實事求是的態度。在「十七年」時期，黃南翔一直在大陸生活。他不輕意否定大陸文學，係出自他親身的

感受，並有大量的事實作依據，應是可信的。

《當代中國大陸作家評介》另一學術貢獻是在海外率先提出「中國當代文學」這一學科概念。

中國當代文學研究是一門年輕的學科。「文革」前，有關當代文學的論著多半是從當代文學批評的角度進行的作家作品評論，或雖有華中師院中文系集體編著的《中國當代文學史稿》[2] 出版，但被當作內部教材，未公開發行，這說明當代文學研究在「文革」前還沒有形成一門獨立的學科。黃南翔的「評介」離史的研究自然有較大的距離：既不系統，也不是嚴格意義上的作家作品評論。但他的「評介」及其提出的「中國當代文學」這一概念，為海外學者建設中國當代文學這門學科鋪平了道路。

值得注意的是黃南翔所提出的「中國當代文學」這一概念，不同於大陸學者所講的僅限於內地文學。他認為「中國『當代文學』，自然應該包括中國大陸、台港以及海外的華文文學創作在內」。這在當時來說，是新的文學概念。在黃南翔看來，「中國當代文學」大陸部分研究得再好，也是跛腳的。只有把台港文學納入「中國當代文學」範疇之內，「中國當代文學」才能形成一個完整的學科。至於「海外華文文學創作」算不算中國當代文學的一部分，這是有爭議的問題。新加坡、馬來西亞獨立後，華文作家均加入了該國國籍，再稱其為「中國文學」，似不恰

當。至於旅美作家白先勇、旅瑞（士）作家趙淑俠，稱其
為台灣作家，並將其納入「中國當代文學」範疇之內，則
還說得過去。遺憾的是，黃南翔在《當代中國大陸作家評
介・前言》所提出的「中國當代文學」這一概念，未引起
香港學術界的充分重視，這從當時未由此開展理論探討可
看出這一點。

對大陸當代文學的上限，黃南翔認為「乃是自 1949
年開始以迄現在。但其獨特性格的產生，實際應該溯自
1942 年 5 月，當毛澤東發表了〈在延安文藝座談會上的講
話〉後就已開始」。這種不以 1949 年作為絕對界限的看
法，無論從時間還是空間上都有利於研究思維的進一步深
入擴展。中國當代文學學科，本來就與政治密切相關，這從
上限以中華人民共和國建立作標誌，便可見當代文學並不
具有純文學意義。若把它封閉在 1949 年以後，而不追根溯
源至 40 年代中期，就無法把握中國當代文學的來龍去脈。

黃南翔主要是作家、出版家、編輯家，而非專業評論
家。他的《當代中國大陸作家評介》，「是一本資料性的集
子」[3]，其特點是對各位作家的創作道路及別人的評論
（或引起爭議）記錄得極為詳細。像陳其通與陳沂等人在
「大鳴大放」運動中發表的〈我們對目前文藝工作的幾點
意見〉[4] 之後，陳遼曾寫過一篇文章批評陳其通的教條主
義觀點 [5]，連這點該書都有記載，可見其資料工作做得

充分。當然，也有欠準確之處，如〈聞捷的詩有格律傾向〉一文說張志民是 1949 年後崛起的新人，就不對。還在 1947 年張志民就創作過反映農民翻身的敘事詩〈王老九訴苦〉和〈死不著〉。再如〈李希凡和他的文學評論〉一文說李希凡、藍翎批評俞平伯〈《紅樓夢》簡論〉[6] 的文章是由康生通過袁水拍授意寫的，這與事實不符。所謂「康生親自指導李希凡與藍翎，先後經過 4 個月，終於將文章寫出來」，這是經過藝術加工的說法。事實上，這篇文章完全是這兩個「小人物」自發寫的，康生本人自始至終未參予 [7]。

《當代中國大陸作家評介》雖不是嚴格意義上的學術著作，但在寫法上能做到介紹與評論相結合。像書中對浩然的評價，認為他的短篇小說集《喜鵲登枝》雖不深刻，但有一種單純的美，「仍是作者熱愛農村新生活的真情流露。而他的長篇小說，也許是為了著意去表現『階級鬥爭』的意念，且儘管還有現實事例作依據，但明顯的留下了刻意炮製的痕跡」，這種評價就非常公正。再如對秦兆陽《農村散記》的肯定和對《在田野上，前進!》的批評，也顯得辯正。林曼叔等人合著的《中國當代文學史稿》使用的也是這個觀點，有可能他們參考過黃南翔評秦兆陽的文章。〈阮章競的詩歌特色〉，不再述多於評，寫作的路子越來越寬。

　　最後要肯定的是，書中附了許多插圖，尤其是劉白羽在反右鬥爭中發表的〈秦兆陽的破產〉及茅盾批判劉紹棠的原文影印件，有「立此存照」的史料價值，今天讀來仍備覺新鮮。

註：

（1）司馬長風：《中國新文學史》上卷，香港，昭明出版社1980年第三版，第13頁。

（2）北京，科學出版社1962年版（內部發行）。

（3）黃南翔：《當代中國大陸作家評介・前言》，香港，高原出版社1979年4月版，第3頁。

（4）北京，《人民日報》1957年1月7日。

（5）陳遼：〈對陳其通等同志的「意見」的意見〉，《人民日報》1957年3月1日。

（6）北京，《新建設》1954年3月號。

（7）參看藍翎：〈40年間半部書〉，《黃河》1994年第5期。

（本文原載：古遠清著《香港當代文學批評史》，湖北教育出版社，1997年5月第1版）

讀黃南翔散文集《晚晴心影》

郭浚沂

　　本書名《晚晴心影》，而書中第一卷「晚晴篇」第六篇亦名〈晚晴心影〉，當是點題之作。筆者以為將它調為第一篇，讓讀者翻開書本就可以看到作者（黃南翔）幸福的晚年，或更能突出此書主旨：每日乘火車上下班，閑暇騎單車到大埔吐露港海濱公園，欣賞蒼翠悅目的山色和碧波蕩漾的海景，耍耍太極，拉拉二胡……海光山色，賞心樂事，四美具矣！作者在篇末說：「但願退休後，長有書籍為伴，太極為伍，胡琴為友，則餘生足矣！」我想，「天意憐幽草，人間重晚晴。」天父一定垂憐垂愛，垂聽作者的心聲，保守這棵「幽草」。

　　本書四十篇中，筆者最喜歡讀〈樂在香江山水間〉，因為筆者少年時酷愛行山，文中所提到的大帽山、鳳凰山、八仙嶺、大刀岃、觀音山、蚺蛇尖……都是舊遊之地，讀來有熟悉之感。作者在文中說：「行山的快樂，並不完全來自於悅目怡人的山水風光，而是友儕間縱情談天

說地所帶來的歡愉氣氛；尤其是那一種彼此關心扶助，或者攜來食物共同分享的友情愛心，最令人回味無窮。」我完全同意。不過，作者沒有提出行山者需要的裝備，以防不測，若能在篇後加註說明，則功德無量！

其次是〈我的朋友「流氓哥」〉篇，那位「劉XX」（「流氓哥」諧音）的樂於助人，富於創意，好學不倦，尤其是向念大學的女兒學日文；向太極班的朋友請教印尼語；學太極拳、太極劍和太極扇，真正的做到「活到老，學到老」的人生真諦。另外，他主動為晨運朋友攜帶音響的服務精神，更堪為青年人的學習典範。

作者寫本文時，「流氓哥」六十五歲，如今七十一歲了，不知仍健在否？祝福他健康快樂。

第二卷「憶念篇」，記七位近年逝世的老作家的軼事。作者引白居易詩：「世間富貴應無分，身後文章合有名。」來點題，非常貼切，亦無輕貶之意。

〈澹泊自甘的陳泰來先生〉篇，憶念陳泰來先生：「一股醉心文化，安貧樂道的情懷，躍然紙上，令人肅然起敬。」

〈項莊嘯傲文壇半世紀〉篇，憶念項莊先生：「我對他發表於報端的雜文隨筆一直追讀不捨，直到他退休為止。神交既久，也就如同故人了。所以，他的逝世令我深感惋惜和悼念。」

〈陳蝶衣先生筆耕八十載〉篇，憶念陳蝶衣先生：「想不到蝶老生平第一本專書《香港影壇秘史》，由我這個庸碌後輩經手誕生，令我深感與有榮焉。」

〈我認識的王敬羲先生〉，憶念王敬羲先生：「從報上得悉他的噩耗時，我難過地對妻說：『王先生可是有恩於我們啊！』」

〈翁靈文先生走得靜悄悄〉篇，憶念翁靈文先生：「我認為他志不在寫作，非不能也，而不為也！也許，這正是他處世豁達，隨遇而安，不刻意求成的反映；就像他走時那樣，不拘一格，從容瀟灑，靜悄悄地揮一揮手作別紅塵而去了。」

〈為「神童作家」劉紹棠早逝惋惜〉篇，悼念劉紹棠先生：「看來，文壇要再出現一個像劉紹棠這樣的『神童作家』，又不知要什麼時候了。」

〈蔡俊舉與生命賽跑〉篇，憶念同鄉作家蔡俊舉先生：「健筆雖折，墨香長存，俊舉兄此生活得充實、精彩。」

這七位老作家中，有幾位我是久耳大名，但一個都不認識，讀作者文章，知道了許多軼事，我很感動。作者是性情中人，對前輩、文友都非常敬重，毫無「文人相輕」的陋習。文如其人，我相信作者是一個君子。

第四卷「足跡篇」有兩篇小說，〈初戀〉寫男女主角在雨中共撐一把傘子的浪漫，篇中這樣描寫少男的感覺：

「我的心簡直是醉了，我感到自己生平從來都沒有這樣快樂過，一種不可言喻的幸福盈滿了我的心田。」諺云：「少女情懷總是詩。」少男應該也是一樣。

〈潮汛〉篇，寫一位少婦的三段愛情和婚姻，結果不堪刺激，留下兩個兒女投河自殺，但託孤於第一個戀人。這結局太淒涼了，如此書有機會再版，請作者考慮可否改寫結局。

總括而言，本書值得一讀。

（黃南翔附言：拙著《晚晴心影》十年前獲香港藝術發展局資助出版，此文是藝發局寄給本人，惟一直未公開發表。）

熱情謙遜　文采獨樹

——記黃南翔

白雲天

　　香港作家之中，有專欄作家與文藝作家之分。黃南翔，應列入文藝作家之內。

　　黃南翔曾任《當代文藝》月刊總編輯。《當代文藝》是名作家徐速一手創辦的刊物，享譽香港和東南亞華人社會多年。徐速去世後，曾經停刊兩年。後來復刊，就由黃南翔主持編務。

　　黃南翔跟《當代文藝》甚有淵源，他由投稿而成為這份刊物的專欄作者，備受徐速的栽培和器重。後來又成為第二代主編，所以很多人都把他稱為「徐速的接班人」。

　　到底黃南翔是如何與徐速認識的，又如何跟香港文壇結上了關係？這就不能不話說從頭了。

　　黃南翔是從內地來港的，在內地求學時，他已深愛文學和寫作。

　　上世紀六十年代後期，他由原籍的潮汕地區來港定居。面對當年文藝氣息甚濃的香港文壇，內心的喜悅，是

難以名狀的。

不過，他來港之初，人生路不熟，與香港的報章、雜誌，全無認識，如何在文藝領域打開一條出路，是一個大問題。

合該當年的徵文比賽風氣甚盛，這種比賽，亦能培育不少文藝青年成長。

時至今日，黃南翔回憶當年參加徵文比賽，仍然很興奮。他說：「我從事寫作以來，只參加過一次徵文比賽，能夠取得第一名，是我畢生的最大快慰。」

事緣當年有一本名叫《時代青年》的刊物，聯合《天天日報》舉行公開徵文比賽，分大專組與中學組。黃南翔憑一篇〈初戀〉，獲得大專組第一名。從此與香港文藝界有了接觸，日後大顯文才。

得了徵文比賽冠軍之後，黃南翔的寫作態度更積極，那是由 1969 年開始，他在《明報》和《當代文藝》等報刊不斷發表作品，他的名字，也開始受人注意。

主編《當代文藝》的名作家徐速，對新一輩的黃南翔的作品，很有好感；黃南翔在該刊發表的散文和不少其它方面的評論，徐速對他一直勉勵有加。

但是，身在香港，一個文藝青年也不能光靠寫作就可以填飽肚子，他也需要一份固定的職業，才能安定下來。

他考入「邵氏」電影公司的宣傳部，令他可以一面接

觸電影圈，一面繼續他的文藝創作。那時，我也在宣傳部供職，得以跟黃君結緣。

「邵氏」宣傳部的工作，並不簡單。七十年代，邵氏旗下的《香港影畫》和《南國電影》兩本刊物，需要專人寫作，加上宣傳部本身的宣傳稿件亦多，所以黃南翔獲得不少撰稿的經驗。

他所撰寫的導演及明星專訪稿，很有深度，令人注意。也在這個時期開始，他對香港的電影圈加深了認識和瞭解，既寫報導影圈動態的特稿，也寫影評。

「邵氏」製片廠遠在新界的清水灣，每一天，黃南翔都要坐公司專車上下班，他對邵氏的環境，亦有了一份親切感。而在這段日子裡，他利用「邵氏」安定的工作環境，廣泛涉獵，積學儲寶，不斷寫作，漸漸在文壇建立了地位。

自1969年秋，至1981年春，他一共在「邵氏」宣傳部工作了十一個年頭；然而，十一年賓主，仍然有分手的一日。

離開「邵氏」後，他的工作仍然離不開「第八藝術」。1981年，他加入無線電視（TVB）公關宣傳部，做的仍然是撰稿和編輯的工作。

直至《當代文藝》由一家圖書和出版機構接手復刊，邀聘黃南翔出掌主編職，他才脫離了工作多年的影視圈，

全力投身於這份受人注目的文藝刊物的編務中。後來，由於該出版機構經營不善而倒閉，黃南翔毅然獨資創辦「奔馬出版社」，致力於書籍出版業務；並接手將《當代文藝》經營下去，出錢出力，對文藝的赤誠和奉獻精神，可感可佩。

然則，香港這地方委實不適宜純正文藝刊物的成長，黃南翔獨力支撐《當代文藝》約一年，這份刊物終逃不脫停刊的厄運。對此，每當有人向他提起這份刊物，黃南翔總會感慨繫之。

此後，黃南翔全力經營他名下的出版社，出版了不少好書。另外，他對文藝始終不能忘情，特別成立了一家「當代文藝出版社」，主要是出版一些文藝氣息較濃的書籍，並培植一些文藝後起之秀。該社在2000年前後得香港藝術發展局的資助，曾將《當代文藝》再次復刊，經營了兩年共十二期。

黃南翔一直堅持寫作，他的作品由1978年出版了第一本散文集《遊子情懷錄》之後，至今（1986年）一共出版了七本，包括散文集《生命的迴響》和《戀夜》，還有評論集《當代中國大陸作家評介》，把「文革」前大陸一些有重要影響的作家和作品，予以評論介紹。後來出版的《香江歲月》、《香港風物趣談》和《香港古今》，則是有關香港的歷史和掌故的專集。

身歷六十年代至八十年代的香港文壇，黃南翔有感於今日文壇的凋零。他說：「六、七十年代香港的寫作風氣很盛，年輕人對創作都有一份狂熱，人人都以發表自己的散文、新詩和小說為榮；今日的年輕人，已缺少了這份熱忱。」

黃南翔的寫作態度認真嚴謹，對自己每一篇文章都十分重視，不論是寫訪問稿，還是文藝創作，他都悉力以赴，不會苟且。

他為人誠懇，熱情謙遜，文采獨樹，人如其文。自在「邵氏」共事開始，認識他已經很多年了，他熱愛文學和寫作始終如一，為人和處事的態度也始終如一。

不知是否由於出生和求學於錦繡山河的中國大陸，他對筆名的選擇，多少說明他對故鄉的懷念。他的筆名中，有用本身黃南翔的名字，也有用「楊翼」、「黃鵠」、「高山雲」和「南飛雁」等。

他說：「我寫散文創作，用的是黃南翔；寫娛樂訪問稿，則會用南飛雁、高山雲；至於其它類型的文章，如影評等，多用楊翼、黃鵠等一些較少採用的筆名。」

——原載香港《城市週刊》

黃南翔的作家夢與出版路

——文苑恭耕五十年

秦昭華 *專訪*

　　香港知名作家、出版人黃南翔，平生執著地走他的文學路，半個世紀如一日從未中輟，終於達成了兩個心願：一是實現作家夢，寫了十多本書；二是走過出版路，獨資創辦的出版社營運三十二年，出版了近四百種單行本和四種雜誌。這個過程真可說「文苑恭耕五十年」，一步一個腳印走過來。

　　黃南翔1943年出生於廣東潮汕揭西縣河婆鎮馬頭村，在家鄉時名叫黃紀堯。1957年夏以「保送生」（免考）名義進入河婆中學讀初一，是個外表很普通的農村青少年。他讀中學時對文學特別感興趣，讀了不少古今中外的文學名著，作文經常獲貼堂，也常愛在校刊《河中青年》發表詩文，漸漸受到老師和同學的注目。其實，當時黃南翔心裏已埋藏著一個心願，希望日後從事寫作，當個記者或作家，所以1963年高考時，他毫不猶豫就報考文史類，第一個志願是中山大學中文系。

　　黃南翔為什麼對文學和寫作特別熱衷呢？

受父親影響熱衷文學

　　原來，這有很大因素是受了父親的影響，或者用現代人的話說，他血液裏潛藏有父親的文學基因。黃父青年時期很喜歡文學和寫作，在家鄉教書時，常愛投稿當時梅州和汕頭等地的報章發表詩文，包括在汕頭一份報紙連載過一個長篇小說《豐收之後》，後來被聘為記者、編輯，乃至電訊版主編。惟那是抗戰勝利後國民政府統治時期，及至大陸解放，黃父便因這一歷史問題被判處勞改三年，釋放回家後又被載上「五類分子」的帽子（1987年7月獲平反）。雖然如此，黃父那時才三十多歲，仍想在文學創作上有所作為，所以白天他像其他農民那樣在田間耕作，晚上回家吃罷飯就在一盞小煤油燈下揮筆寫作。黃南翔那時讀小學四、五年級，也常常伴隨父親在燈下做功課，因而對父親埋首寫作的情景印象十分深刻。

　　黃南翔回憶說：「父親那時寫了一個二十多萬字的長篇小說《廢鐵在鍛煉中》，以一批犯人的勞動改造為題材，但因思想意識未達要求而被出版社退稿。隨後而來的『反右』等運動，政治氣氛越來越蕭穆，父親知道時代不同了，只好放下了手中的筆。但他卻常常跟我談文學，又特別注意我在學校的作文，每篇都詳細看，指出一些問題等等。」

　　原來，那時黃父已發現黃南翔具有寫作潛質。事緣黃

父在外地勞改期間，黃母為了支撐這個搖搖欲墜的家庭，撫養四名年紀尚幼的兒女，憂勞心計，身心俱疲，根本無暇管教子女，黃南翔就開始學壞了：他經常逃學，到河邊玩耍，也常常不交功課，直把母親氣得不知為他流了多少淚。黃父勞改結束回家後，那時四年級的班主任是教語文的黃幹老師，他特向黃父投訴黃南翔已有四篇作文沒有繳交，如不盡快補交就須留級。黃父聽後立即責成兒子一周內寫好那四篇作文交給他過目。殊不知黃南翔當晚吃罷飯就動筆，約莫在兩個多小時內就將四篇每篇約四百字的作文寫好交給父親。黃父一愕，以為兒子是在敷衍塞責，滿臉肅然；再細看那些文字，漸漸舒顏展笑起來。在他的感覺中，兒子的作文文字流暢，用詞準確，也很有想象力，還有幾處的比喻特別鮮活形象，這些文學素質都是出乎他的意料的。其實，那時黃南翔雖然差點學壞，但也有個優點，就是特別喜愛閱讀，家中收藏的那本劉大杰教授早期寫的長篇小說《三兒苦學記》，當時他就讀了好幾遍。正是「浪子回頭金不換」，後來在黃父的督導以及學校老師黃幹、黃國晉的栽培下，黃南翔一躍而成為品學兼優的好學生，小學畢業那年被甄選為全級唯一的「保送生」，免考升中試就可直升河婆中學。

黃南翔說他想當作家，除了受父親的影響，也跟他在小六那年的暑假，讀了巴人的《文學論稿》很有關係。巴

人原名王任叔，是新中國駐印尼第一任大使。他這部文學理論著作洋洋數十萬言，大概出版於 1955 年前後，原是黃國晉老師在學校臥房書架上的藏書。黃南翔見到了，居然說要借回家去讀。黃老師望著他躊躇了一下，覺得這種理論書不適合一個小六學生閱讀；但最後還是從書架上抽下來交給他。於是黃南翔趁著一個暑假，似懂非懂地居然把它啃完了。巴人在書中所展示的文學天地，讓黃南翔覺得既崇高，又迷人，加深了對它的認識和神往。

黃南翔高中畢業時，選擇報考中文系，黃父當然沒有異議。他也自覺考得不錯，滿懷興致。然而等到放榜下來，卻名落孫山了！就連第三線的一些地區性大專院校都沒有他的份。這下子，黃南翔墜入了錯愕、失望和痛苦的深淵裡無法自拔。後來有個瞭解他家庭背景的老師對他說：「在這個大講政治和階級鬥爭的年頭，以你這個『五類分子』家庭的兒子，卻偏偏去報考意識形態強烈的文史類，是不是貼錯了門神啦？」黃南翔恍然大悟，認為自己其它學科的成績也不俗，決定放下原來志趣，明年報考醫農類，結果依然徒勞無功。這下子，他只有面對現實了。

受重挫不墜鬥志

從此，黃南翔乖乖地在農村裡做個農民，挑肥鋤地，樣樣都幹；農暇時也跟隨村中的叔叔伯伯去幾十里外的深

山挑柴擔炭，然後到墟鎮去擺賣，以賺取一、二塊錢幫補家裡買油鹽。

「奇怪的是，在那些艱苦年頭，我一點也沒有消極沮喪，」黃南翔感慨萬端地說：「我白天在田間從事體力勞動，晚上就爭取時間看書或寫寫東西，仿佛覺得這是在磨礪以需，日後自己仍有發揮的機會。……」

後來，黃南翔主動要求去村裏附設的山區果林場勞動，獲得批准。那裏離村子十多里遠，風景非常美麗，要留宿。主要種植茶、菠蘿、山蒼樹、鳳竹等經濟作物，十多個成員有一半是年輕人。黃南翔置身其中，覺得無拘無束，加上他高中畢業，比較有文化，頗受領導人器重，常安排他做些較斯文的工作，例如在山石上寫防火標語、為果樹作嫁接等等，故而他覺得生活非常愉快；特別是在山坡上勞作時，面對四週蒼翠的山林和山下波光粼粼的榕江，他和幾個年輕人常會情不自禁地引吭放歌。尤其難得的是，這個地方給他提供了一個獨特的閱讀環境：天一入黑石屋就關上門，其他人一般都很早睡，這時除了屋外不時傳來陣陣風聲蟲鳴，四周都很靜謐，一點干擾都沒有，黃南翔就乘機在屋角一盞煤油燈下專注閱讀，都是一些文史哲書籍，讀得特別入腦，收獲不小……

來到香港後，黃南翔認為一切都是新的開始，就把自己的名字黃紀堯改為現名，意謂向南飛翔是也。他先在一

家錶殼廠當學徒，但內心一直嚮往做文化工作。黃父深知兒子的興趣和專長，曾寫信給一位在香港報界工作的朋友，希望他們能為兒子在報館找份校對或資料員之類的事做，那位世伯卻對黃南翔說：「香港呀，人材濟濟，你初來乍到，又沒有這裡的文憑，要進報館談何容易！還是安心在工廠學一門手藝謀生好了。」

我插嘴說：「我覺得你父親的做法有點怪，他本身正是因為從事寫作和報紙編輯而招致牢獄之災，回到家鄉後又遭管制，歷盡磨難，前途盡毀，這個教訓已經夠慘痛的了，但他為何還鼓勵你從事這類工作？」

黃南翔沉思了一會，說：「也許他認為做這種工作較有意義，值得去做；又或者他覺得自己的作家夢沒有機會實現，就把希望寄託在兒子身上⋯⋯」

黃南翔那時雖在工廠做工，卻很留意香港的文化動態。他發現有一份《明報》（金庸創辦），立場比較客觀中立，水平也較高。它的副刊右上角顯眼處有個專欄「自由談」，是公開給讀者投稿的，每篇約一千字。或許是受了在河中求學時喜歡向校刊投稿的影響，黃南翔嘗試寫了一篇投去，是談香港當時放映的電影的，筆名也署自己的真名字，想不到約一週後便登了出來。這下子，黃南翔高興雀躍自不必說，連工廠裏不少人也驚異於這個「學師仔」居然會寫文章。以後每隔一段日子，黃南翔都向該報投

稿，大都獲得發表。

憑投稿踏進文壇

　　也不知那時（1968—1969）是否黃南翔合該時來運至，他去參加香港《天天日報》與《時代青年》月刊合辦的一項全港公開性徵文比賽，居然獲得大專組（另一為中學組）冠軍。比賽的題目是〈初戀〉，黃南翔並沒有初戀的經驗，他以小說的形式寫，結果得獎時的評語有一句是「頗富藝術性」。因了這次得獎，黃南翔有機會結識一些香港文化界人士，讓他得以踏入文藝界的門檻。

　　其實，在這項得獎公佈前三個月，黃南翔已在進身文

黃南翔來港定居之初（1968年初夏）的形貌。

化界上取得了重大突破：他憑在《明報》「自由談」發表
的那幾篇千字文，獲邵氏電影公司正式錄取為編纂員，惟
須試用三個月。

　　邵氏當時是東南亞最大的電影製片機構，為邵逸夫所
創辦，號稱「邵氏影城」，屹立於風景優美的清水灣海畔，
有員工二千多人；部門很多，具備了從電影編劇、攝製、
沖印到放映發行的完整系統，年拍影片三、四十部。對黃
南翔來說，能在這樣的環境工作，真是他生命裡的最大幸
運和祝福，因為這裡人材濟濟，單是編劇組，就有不少名
作家。黃南翔在這裏得以開拓視野，豐富見識，大大提升
了自己的寫作境界。他工作的部門屬宣傳部，除了一般的
宣傳稿和有關公司的專稿外，因邵氏公司出版的《香港影
畫》和《南國電影》兩本雜誌的編輯部也設在那裡。兩本
都是月刊，公開發行，高峰時《南國電影》銷近十萬份，
較後創辦的《香港影畫》也有六、七萬份，黃南翔亦要給
它們撰寫有關導演、明星的專訪稿和其它特稿。對於愛好
寫作的他來說，這正好讓他有機會盡展所長，當時他發表
這類文章時愛用「雁南翔」、「楊翼」等作筆名。

遇恩師如鷹展翅

　　黃南翔以感激的口吻說：「我這人才不驚人，貌不出
眾，談不上有何本事，但去到香港後常有『貴人』之助。

我遇到兩位提攜我的恩師……」

　　黃南翔所說的兩位恩師，其一是錄取他進邵氏影城工作的朱旭華老先生，當時已六十多歲，是邵逸夫的特別顧問，並兼任《香港影畫》月刊總編輯。黃南翔做夢也沒想到自己來港才一年多，一個滿身土氣的「鄉下仔」，居然能在眾多應徵者中脫穎而出，獲得朱旭華先生的賞識而進入邵氏公司，從事他夢寐以求的寫作工作。最為難得的是，在人事複雜、充滿勢利眼的電影圈，像黃南翔這樣未經世面、憨厚拙訥的大陸仔，要立足原就不易，但他居然能順利工作了十年多，原因除了他一向工作認真、能力過關外，也跟他得到朱先生的器重和翼護有關。因以朱旭華的資歷和在「邵氏」的地位，誰都會敬重他三分；黃南翔既是他請來的人，其他人自然也會對他另眼相看了。

　　黃南翔另一位恩師就是香港著名作家徐速先生，他上世紀五、六十年代以創作長篇小說《星星·月亮·太陽》和《櫻子姑娘》等聞名，又以創辦和主編《當代文藝》月刊行銷香港和東南亞華人社會而名重文壇。黃南翔在「邵氏」工作期間，也不時在外間的報刊投稿發表作品。1973年初夏，他嘗試給《當代文藝》投寄了一篇約萬字的短篇小說〈潮汛〉，獲得發表。約一個月後他到該刊編輯部領取稿費，剛好遇上主編徐速先生也在，對方誠邀他坐談。原來，徐速早就在《明報》看過黃南翔的文章，這次坐談

時又得知這位來港不久、仍帶土氣的青年，是由朱旭華先生聘進「邵氏」從事編纂工作的，不由對他心生好感。事緣徐速先生也認識朱旭華先生，而且他的成名作《星星‧月亮‧太陽》當年就是對方向他洽購版權而改編成電影的，這下子，黃南翔間接上似乎與徐速親近了許多。

黃南翔笑說：「不知那時徐速先生是否有意要考我一考，坐談結束時，他邀我為《當代文藝》的卷首欄『筆匯』也寫一篇稿。此欄每期刊登四篇千字短文，內容主要是談文論藝方面的，執筆者多為徐速邀請的名家。當時徐速先生對我說：『截稿在即，這兩天你就把稿子寫好交來吧。』當晚我便開夜車把稿子寫好，翌日上班前順路交了去，該期即發表出來。此後我就不時寫『筆匯』。約半年多後，我寫了一篇近二千字的散文〈令人懷戀的榕江〉投寄去，發表後徐速先生特來電對我說：『我們很歡迎你這類抒情散文，就給你開個專欄吧！你想個欄名，新穎而有個性一點的，以後每期來稿一篇，長短不拘。』我聽了非常振奮，覺得機會難得，幾經思考，就以『游子情懷錄』為欄名，每個月認認真真寫一篇。」

三本書相繼面世

黃南翔來港後發表第一篇作品時，特地買了一本較大的硬皮簿子，鄭重其事地把該文剪貼在簿子上，並注明發

表的報刊和時間。當時他暗下心願：「日後多發表一些，待把這本簿子貼滿了，就把它出版成書，此生無憾矣！」當時徐速邀請他在《當代文藝》寫專欄，無疑加速了他這個願望的實現。果然，四年多後，黃南翔第一本散文集面世了，書名就跟專欄名一樣，叫《游子情懷錄》，亦是徐速斥資在他名下的「高原出版社」出版的

對黃南翔在寫作上鼓勵甚多的名作家徐速先生。

（1978年11月），他還親自為此書寫了序。

徐速為何如此賞識、厚愛黃南翔？在這篇序文裡透露了端倪：他除讚許黃南翔的作品外，還說出了對這位青年有特別印象，他這樣寫道：

「我認識南翔算來已有好幾年了，在許多青年作家中，他給我的印象很深刻，——樸實，木訥，拘謹得有點近乎害羞的泥土氣，這些特點使我想起當初自己來港的形貌。經驗告訴我，這種『型』的青年才是真正忠實於工作的……」

《游子情懷錄》出版半年後，黃南翔第二本著作《當

代中國大陸作家評介》也在徐速名下的高原出版社推出
了。原來，黃南翔在上世紀七十年代中期，有感於香港文
化界因受「文革」的影響，有些評論家常常片面說中國大
陸十多年來「根本就沒有文學」。黃南翔則認為中國大陸
出現過不少出色的文學作品，只是它有獨特的形態罷了，
即「文藝為政治服務，為工農兵群眾服務」。他因早就讀
過《青春之歌》、《林海雪原》、《苦菜花》、《紅旗譜》、《創
業史》等較有影響力的作品，也知道這些大陸作家的寫作
經歷，因而萌發了評介這些作品和作家的念頭。他把這一
意念對徐速先生說了，想不到徐速大感興趣和支持，並認
為這種文字的筆調跟《遊子情懷錄》完全不同，可以在
《當代文藝》給他另設一個專欄叫「當代中國大陸作家評
介」，只是筆名須另換一個。

　　黃南翔振奮極了，就起了個筆名「楊翼」。發表了幾
篇後，徐速對他說「反應很好」，他就更有信心寫下去。
其實，黃南翔當時並非單憑記憶信筆而寫，他是掌握有這
方面豐富而翔實的資料的。事緣有段時期，他每個週六中
午在邵氏公司下班後，都很喜歡到港九各大小書店看書或
買書。他發現港島有一家舊書店的閣樓，收藏有很多大陸
文革前的書籍和刊物，如《人民文學》、《文藝報》、《上海
文學》等等，據老闆說是從澳門運過來的。這些書刊很多
黃南翔在大陸時已讀過，甚有印象，但一般都不賣，只可

影印。黃南翔如獲至寶，就把許多有用的資料影印下來，因而寫作起來就有根有據、內容翔實可靠了。

上述兩書出版不久，香港著名評論家、散文家司馬長風，特在《明報》他的專欄裡，先後評介了這兩本書。加上 1980 年香港士林書屋也出版了黃南翔另一本散文集《生命的迴響》，此書大多是在香港《星島日報》副刊「星辰」發表的散文。三年裡連續出版了三本書，這下子，黃南翔在香港文壇佔有一席位了。

搞出版獲滿足感

「照你這樣的寫作勢頭，為什麼不乘勝追擊，不久就轉而去搞書籍出版呢？」我問。

「香港是個商業社會，各擅勝場，也競爭激烈，自生自滅；純粹靠寫作是很難維生的。」黃南翔頗有感喟地說，「我來香港沒多久，就發覺香港作家除寫作外，一般都有其它職業，例如當教師或報刊編輯之類，因而萌生了搞書籍出版以作謀生門路的念頭，因為這畢竟帶有商業色彩，又比較符合我的志趣，但一直苦無門路。都說搞公司『不熟不做』，我連紙張有多少種，怎麼開度這些出版上的基本常識都不懂，怎麼搞出版呢！想不到，後來機會來了……」

原來，1979 年 4 月，徐速因健康欠佳把出版了十四年

創立出版社之初，黃南翔攝於編輯部。

之久的《當代文藝》月刊停刊，1981年八月間不幸病逝。
1982年經營天聲書店和出版社的鄭先生斥資把《當代文藝》復刊，起用黃南翔出任主編並兼任其出版社總編輯。由於鄭先生把主要精力和時間投放在經營書店方面，刊物和出版社就交由黃南翔全權處理，結果他就有機會把出版的所有環節都掌握到手。想不到一年多後，鄭先生因投資失利破產，事出突然，黃南翔乃匆促成立「奔馬出版社」暨附屬「當代文藝出版社」，除了致力書籍出版業務，也接辦《當代文藝》雜誌。

「由於匆促上馬，又是獨資，資金不足，加上局面尚未打開，所以開頭的經營非常困難。」黃南翔吁了一口氣

說，「好在我這個人經歷過磨練，吃得苦，凡事親力親為，以撙節開支；又勤奮寫稿，有段日子還每天到《南北極》月刊兼職三小時，這些收入已基本上可以維持家庭的開支了。」

其實，在香港搞出版很不容易，不少文化人想染指這個行業每以不善經營而失敗告終。就像做其它生意一樣，最重要的是要有客路，即不斷有人拿書給你出版才行。黃南翔的出版事業所以能維繫三十二年（1983—2015），除了他的勤懇和凡事親力親為外，也與他在電影圈和文化界工作多年、建立了廣泛的人脈很有關係，所以拿書給他出版的既有名作家和大學教授等名重文壇的人士，也不乏文壇新秀，有的且一而再、再而三，所以至今由他經手出版的書籍單行本就有近四百種，另有雜誌四種（共125期），還有其它難以統計的專刊等印刷品。

「不過，搞出版社雖屬營商性質，在香港卻很難賺到錢。」黃南翔特別強調說：「尤其是像我名下的出版社，出版的多是文學類書籍，就更難圖利了，充其量只能維持公司正常運作，比打工稍好一些罷了。儘管如此，每當看到自己經手的一本本書印了出來，散發出陣陣墨香，然後發行到書店去供讀者選購，內心就很有滿足感。所以，我一直都熱愛這個行業，幹得很投入。」

其實，最為難得的是黃南翔在搞出版期間，一直沒有

停止過寫作和出書。這段時期他出版的作品包括：香港歷
史掌故集《香江歲月》、《香港風物趣談》、《香港古今》；
散文集《戀夜》、《黃南翔散文選》、《半畝方塘》、《晚晴心
影》；香港社會現象特寫集《香港風花雪》和人物特寫集
《港台作家小記》（與馮湘湘合集），連同搞出版之前出版
的那三本，一共是十二種。雖不算很多，但涵蓋了多種類
型，有些還成了銷量逾萬冊的暢銷書。他的散文作品〈鯉
魚門風情〉和〈令人懷戀的榕江〉，分別被節錄編入香港
小五和中三的語文課本，還有多篇作品被收入各種專集；
他也是香港作家協會會員、香港作家聯會會員。

黃南翔（右一）假日喜歡與友儕一道行山鍛練身體。

　　黃南翔最後以欣悅的神情指出：「我慶幸自己有機會
從事寫作、編輯和出版的文字工作，實現自己的志趣。在
香港文壇耕耘半個世紀，文化藝術對真善美的追求一直成
為我的人生目標，從而讓自己得以拓闊知識視野，丰富藝
術修養，提升生命意義。即使其間有過不少辛勞磨難，亦
有過挫折失敗，但我也甘之如飴，無怨無悔，自得其樂，
而且內心一直充滿感恩。」

2017年3月28日

　　（秦昭華按：本文寫成後經黃南翔先生審訂補正，刊
載於張志誠等主編的大型紀念河婆中學文集《風華河中》
第五輯「學子光華」中。該文集於2019年3月出版。）

後　記

　　有位朋友聽說我在耄耋之年仍有興趣出版自己一本散文集，特地來電恭賀我之餘，打趣說：「這本難得之作，有沒有請名家賜序以壯聲威呀？」我立即回敬他：「我這本小書並非什麼論著，焉敢輕易高攀名家，只是寫個簡短的『自序』交代一下罷了。」

　　自從熱愛寫作以來，總算出版了十幾種自己的作品。其中屬於文學性散文的也有四、五種，惟只有處女作《遊子情懷錄》一種是請名作家徐速先生寫序。隨後準備出版的第二本散文集《生命的迴響》，我當時特請大名鼎鼎的司馬長風作序，他也滿口答應了。遺憾的是，他尚未下筆就在赴美探親之行中遽然去世了，讓我好不震驚惋惜！結果此書之序我只好自己動手以〈自序〉完成。經此之後，我出版自己的書時，再也沒有請名家賜文了。

　　其實這是有內在原因的。記得上世紀80年代初，台灣有一份大報特搞了一個專題，組織文化界一批知名人士談談對書籍之「序」的看法。結果大多數的觀點都認為那

是出書作者請名家名人替自己說好話的玩意；有人甚至幽了一默，說這是「強迫名家給自己送花籃」。我當時對這些說法神會於心，覺得都有幾分道理，也無形中使我斷了請他人寫序的念頭。

說來有些好笑，我不想請名家為自己的書寫序，卻在近年有多次機會為他人的書籍作序，這種情形在本書的目錄中顯著可見。先得聲明，我絕對不是名家，那些朋友、甚至前輩誠意邀請我執筆，真是給了我天大的面子，令我無法推卻。所以寫這些序文我都不敢掉以輕心，希望褒貶有度，措辭適切，而且要有一些新觀點、新內容。

序文沒有固定的格式，它的作用是給讀者提供作者的背景資料和其作品的特色之類。徐速先生當年給我第一本書《遊子情懷錄》作序時說：「在一般觀念中，序的概念很嚴重，嚴重得使我不敢下筆。所以我只能答應寫點小文介紹代序。」他這篇序文的題目叫〈新作家的新作品〉，也沒有署明是「代自序」，但讀來更覺生動活潑，面目可親。我最怕讀那些板起臉孔、滿嘴學究氣的序文，特別是文末還摺下一句「是為之序」的尾巴，更令我望而生畏。

本書第一輯「回眸歷程」兩篇各二萬多字的專題，跨越我職業生涯43年，有很濃重的回憶錄格調，撰寫過程中我心裡一直很激動，耳畔不時響起民國元老、著名書法家于右任的名句：「莫謂青春喚不回，莫教青史化成灰」。

不是嗎?〈邵氏影城工作十年漫憶〉呼喚了我的青春年華;〈創業搞出版歷程瑣記〉則刻下了我奮力創業的印記,這是拙著《夢與路》最讓我珍惜的篇章,希望也能帶給讀者某些啟迪。

最後,感於自己今日仍有清醒的頭腦寫下一些文字,使平生對文學和寫作的的興趣得以維繫下來,否則,這本小書就不可能面世了。為此我應再次感恩。

黃南翔

2023 年 1 月 10 日

黃南翔作品書目

1. **遊子情懷錄** （散文集）
   1978年11月，高原出版社

2. **當代中國大陸作家評介** （評論集）
   1979年4月，高原出版社

3. **生命的迴響** （散文集）
   1980年8月，士林書屋出版

4. **戀夜** （散文集）
   1984年9月，當代文藝出版社

5. **香江歲月** （香港歷史專題集）
   1985年5月，奔馬出版社

6. **香港風物趣談** （香港掌故專題集）
   1986年10月，奔馬出版社

7. **港台作家小記** （人物特寫集）
   1988年2月，（北京）友誼出版社

8. **香港風花雪** （社會現象特寫集）
   1991年11月，奔馬出版社

9. **香港古今**　（香港各區域歷史專題集）

1992年3月，奔馬出版社

10. **黃南翔散文選**　（散文集）

1998年12月，當代文藝出版社

11. **半畝方塘**　（散文集）

2005年3月，香港文匯出版社

12. **晚晴心影**　（散文集）

2011年2月，當代文藝出版社

13. **夢與路**　（散文集）

2023年3月，初文出版社

（上述各書只列初版時間，再版不列）